*Moim dzieciom
Mary, Hannah, Raphe
i Cheyenne.*

*Zawsze pamiętajcie, skąd pochodzimy,
jak się tutaj znaleźliśmy
i kto nas zaprowadził na ciepło słońca.*

Tak się kończy

Świąteczny sweter przez wiele lat leżał na górnej półce mojej szafy.

Nie pasował na mnie już od dawna i gdybym dawniej się tak często nie przeprowadzał, nawet bym go nie wziął do ręki. A jednak nigdy nie przyszło mi do głowy, żeby go wyrzucić. Przy każdej przeprowadzce delikatnie umieszczałem go w pudle, przewoziłem do nowego domu i starannie układałem na nowej półce, żeby nigdy go nie włożyć.

Mimo upływającego czasu sam widok swetra za każdym razem wywoływał we mnie silną reakcję. W przędzę były wplecione resztki mojej dziecięcej niewinności –

najsilniejsze żale, lęki, nadzieje, rozczarowania – a potem również największe radości.

Zacząłem pisać tę historię z zamiarem podzielenia się nią tylko z moją rodziną. Ale po drodze coś się wydarzyło. Opowieść przejęła nade mną władzę i sama się napisała. Przez całe lata, z powodzeniem, starałem się zapomnieć o pewnych sprawach i nie chciałem z nikim się nimi dzielić, ale one po prostu się ze mnie wylały. Było niemal tak, jakby sam sweter domagał się wyjawienia swojej historii. Może już za długo leżał cicho na półce?

Minęło ponad trzydzieści lat, zanim w końcu dojrzałem do tego, żeby podzielić się swoimi przeżyciami. Zapewne resztę życia zajmie mi zrozumienie ich sensu i mocy. Choć niektóre nazwiska i wydarzenia zostały zmienione, jest to opowieść o najważniejszych świętach w moim życiu.

W duchu tego błogosławionego czasu dzielę się z Wami swoją historią jak prezentem. Niechaj sprawi Wam i Waszym ukochanym taką samą radość jak mnie.

Modlitwa Eddiego

Panie, wiem, że minęło trochę czasu, odkąd z Tobą rozmawiałem, i bardzo mi przykro z tego powodu.

Po tym wszystkim, co się wydarzyło, nie wiedziałem, co powiedzieć.

Mama wciąż mi powtarza, że obserwujesz nas z góry, nawet w złych chwilach. Chyba jej wierzę, ale czasami trudno mi zrozumieć, dlaczego pozwalasz, żeby to wszystko nas spotykało.

Wiem, że mama ciężko pracuje i jest krucho z pieniędzmi, ale jeśli dostanę rower na gwiazdkę, na pewno będzie lepiej. Zrobię wszystko co chcesz, Boże, by udowodnić, że jestem go wart. Będę chodził do kościoła i pilnie się uczył. Będę dobrym synem dla mamy.

I zasłużę na niego, obiecuję.

Pierwszy

Wycieraczki wycinały półkola w białym puchu pokrywającym przednią szybę. To dobry śnieg, pomyślałem, przesuwając się do przodu i wspierając brodę na winylowym oparciu przedniego siedzenia.

– Usiądź prosto, kochanie – łagodnie poleciła mi moja matka, Mary.

Skończyła dopiero trzydzieści dziewięć lat, ale z powodu zmęczonych oczu i pasm siwizny w kruczoczarnych włosach ludzie brali ją za dużo starszą. Gdyby wiek człowieka zależał od tego, co w życiu przeszedł, mieliby rację.

– Nie widzę śniegu, kiedy siedzę normalnie.

– No, dobrze, ale tylko do tankowania.

Przesunąłem się jeszcze bardziej do przodu i oparłem zdarte tenisówki na garbie, który biegł przez środek naszego starego pinto. Byłem chudy i wysoki jak na swój wiek, więc kolana musiałem przyciągnąć do piersi. Mama mówiła, że na tylnym siedzeniu jest bezpieczniej, ale w głębi duszy wiedziałem, że tak naprawdę nie chodzi o bezpieczeństwo, tylko o radio. Wciąż się nim bawiłem, zmieniałem jej nudnego Perry'ego Como na stację grającą prawdziwą muzykę.

W miarę jak zbliżaliśmy się do stacji benzynowej, widziałem coraz większą część śródmieścia Mount Vernon. Cała główna ulica była po obu stronach ozdobiona tysiącami czerwonych i zielonych świątecznych lampek. Gorące letnie dni w stanie Waszyngton były rzadkością, ale kiedy już się trafiały, słupy latarni udekorowane bożonarodzeniowymi światełkami wyglądały osobliwie. Wisiały do zimy w stanie hibernacji, aż pracownik miasta włączał je i wymieniał żarówki, które się nie obudziły. Teraz jednak, w grudniu, światełka tchnęły magią, napełniając dzieci świątecznym podnieceniem.

Tamtego roku byłem raczej niespokojny niż podniecony. Chciałem, żeby gwiazdka nareszcie wróciła do normalności. Przez całe lata poranki świąteczne w naszym domu były pełne prezentów, śmiechu i radosnych twarzy. Ale przed trzema laty umarł mój ojciec, a dla mnie święta Bożego Narodzenia umarły razem z nim.

Przed śmiercią ojca nie rozmyślałem o naszej sytuacji finansowej. Nie byliśmy bogaci ani biedni, po prostu jakoś sobie radziliśmy. Mieliśmy ładny dom w dobrej dzielnicy, gorącą kolację co wieczór, a pewnego lata, kiedy miałem pięć lat, pojechaliśmy nawet do Disneylandu. Pamiętam, jak szykowałem się wtedy na podróż samolotem. Jedyne wakacje, jakie pamiętam, to wyjazd z rodzicami do Birch Bay, co brzmi egzotycznie, ale w rzeczywistości to kamienista plaża, jakąś godzinę jazdy od domu.

Wtedy niczego nam nie brakowało, może z wyjątkiem wspólnie spędzanego czasu.

Ojciec kupił Miejską Piekarnię, powstałą na początku dziewiętnastego wieku, kiedy byłem mały. Spędzał w pracy długie godziny, wychodził z domu prawie codziennie zanim wstało słońce (albo jego syn). Matka wyprawiała mnie do szkoły, trochę sprzątała, nastawiała pranie, a potem dołączała do męża na resztę dnia.

Po szkole szedłem do piekarni, żeby pomagać rodzicom. W niektóre dni spacer zajmował mi niecałe pół godziny. Co najmniej kilka razy każdego tygodnia zatrzymywałem się pośrodku mostu, który biegł nad autostradą I-5, i obserwowałem pędzące w dole samochody. Zwykle stało tam dużo dzieciaków, próbujących trafić śliną w jakieś auto, ale ja do nich nie należałem. Tylko wyobrażałem sobie, że pluję.

Narzekałem, że muszę tyle czasu spędzać w piekarni, zwłaszcza kiedy tata kazał mi myć garnki i rondle, ale w sekrecie uwielbiałem patrzeć, jak on pracuje. Inni mogli nazywać go piekarzem, ale ja uważałem go za mistrza rzemieślniczego albo rzeźbiarza. Zamiast dłuta używał wałka, a zamiast gliny lukru, ale rezultatem było arcydzieło.

Tata i wuj Bob pobierali nauki w piekarni swojego ojca odkąd skończyli tyle lat co ja. Wkładali fartuchy, szorowali wielkie stosy garnków i patelni, po szkole uczyli się przepisów. Jeśli chodzi o mojego ojca, wkrótce uczeń przerósł mistrza.

Tata po prostu miał talent do pieczenia. Jako jedyny w rodzinie potrafił tchnąć życie w swoje przepisy. Wkrótce chleb i desery z Miejskiej Piekarni zostały uznane za najlepsze w mieście. Ojciec kochał swoje wypieki prawie tak samo jak rodzinę.

Soboty były szczególne, bo w ten dzień ojciec większość czasu poświęcał na lukrowanie i dekorowanie ciast. Nie przypadkiem również w ten dzień najbardziej lubiłem z nim pracować. Cóż, słowo praca to może przesada, bo sam nie piekłem. Tata pozwalał mi najwyżej zdejmować pieczywo ze stojaków po wyrośnięciu, ale obserwowałem go uważnie i jak najczęściej starałem się pełnić rolę „oficjalnego degustatora".

Choć tata wciąż próbował mnie nauczyć swoich przepisów, nigdy nie zgłębiłem ich do końca. Mama kładła to na karb niedostatku uwagi, którą według niej miałem taką jak komar, ale ja wiedziałem, że po prostu bardziej lubię jeść niż piec. Nie zamierzałem zostać piekarzem; za dużo pracy i za wcześnie trzeba wstawać. Ale tata nigdy nie wyzbył się nadziei, że pewnego dnia może zmienię zdanie.

Najpierw postanowił mnie nauczyć jak się robi ciasteczka, ale dopiero kiedy powierzył mi pieczę nad kadzią i mikserem, zrozumiał, że popełnił błąd. Wielki błąd. Gdyby zostawił mnie przy surowym cieście jeszcze parę minut dłużej, nie miałby z czego zrobić wypieków.

Potem sprytnie zmienił taktykę, przechodząc z lekcji praktycznych na szybkie quizy. Piekł niemieckie ciasto czekoladowe, a następnie odpytywał mnie z przepisu i ciskał mąką w twarz, kiedy wymieniałem składnik, którego nie powinno w nim być. Na przykład mięso.

Pewnego dnia, w trakcie sprawdzianu ze strudla jabłkowego, na zaplecze przyszła kasjerka (moja matka), żeby zapytać tatę, czy pomoże jej obsłużyć klienta. Nie było w tym nic niezwykłego. Ojciec czasami pojawiał się w sklepie, głównie w te popołudnia, kiedy piece stygły, a mama szła do banku. Myślę, że bardzo lubił te chwile. Jako człowiek naprawdę towarzyski uwielbiał obserwować twarze klientów, kiedy degustowali jego najświeższe wyroby.

Tamtego dnia patrzyłem, jak wita panią Olsen, która wydawała mi się najstarszą osobą w miasteczku. Była naszą stałą klientką. Kiedy moja mama ją obsługiwała, zawsze poświęcała chwilę na wysłuchanie jej opowieści. Pewnie uważała, że pani Olsen czuje się samotna. Ojciec traktował ją z takim samym szacunkiem. Rozmawiając z nią, uśmiechał się ciepło, a ja zauważyłem, że na jej twarzy również formuje się cień uśmiechu. Tata miał taki wpływ na wielu ludzi.

Pani Olsen przyszła po bochenek chleba, ale mój ojciec przez pięć minut starał się ją namówić na inne wypieki, od napoleonek po niemieckie ciasto czekoladowe. Ona wciąż odmawiała, ale tata nalegał, mówiąc, że to na koszt firmy. W końcu pani Olsen ustąpiła, śląc mu uśmiech od ucha do ucha. Powiedziała, że jest za dobry. Dobrze pamiętam to określenie, takie zwyczajne, a jednocześnie prawdziwe. Mój tata był dobrym człowiekiem.

Gdy chleb już został zapakowany do torby, a darmowe słodkości do pudełka, pani Olsen sięgnęła po portmonetkę i wyjęła z niej pieniądze, jakich jeszcze nigdy nie widziałem. Nie wyglądały mi na gotówkę, tylko raczej na kupony... tyle że my nie wydawaliśmy żadnych kuponów! Kiedy staruszka ruszyła do wyjścia, serce zaczęło mi łomotać. Czyżby tata został właśnie oszukany na moich oczach? Z dochodów z piekarni opłacaliśmy rachunki (i co ważniejsze, moje prezenty). Podkradłem się do ojca stojącego przy kasie i, nie myśląc, że pani Olsen może usłyszeć, szepnąłem:

– Tato, to nie są pieniądze.

Pani Olsen zatrzymała się w pół kroku i obejrzała. Ojciec spiorunował mnie wzrokiem.

– Eddie, idź na zaplecze, proszę – rzucił ostrym tonem. – Natychmiast.

Życzliwie skinął głową pani Olsen i posłał jej kolejny ciepły uśmiech. Staruszka odwróciła się i ruszyła do drzwi. Wiedziałem, że znalazłem się w tarapatach.

Kiedy poszedłem na zaplecze, twarz miałem bardziej rozpaloną niż piec, przed którym stanąłem.

– Eddie, wiem, że nie chciałeś, ale czy wiesz, jakie to było krępujące dla pani Olsen?

– Nie – odparłem. Naprawdę nie wiedziałem.

– Pani Olsen jest naszą bardzo dobrą klientką. Rok temu zmarł jej mąż i od tego czasu biedaczka z trudem wiąże koniec z końcem. Masz rację, dała mi nie pieniądze, tylko bony żywnościowe, które potrzebujący dostają od rządu na zakup produktów spożywczych. W jej obecności nie rozmawiamy o tym, bo pani Olsen się wstydzi, że musi prosić innych o pomoc.

Tata wyjaśnił, że choć nasza rodzina nigdy nie przyjęłaby od nikogo pomocy, zwłaszcza od rządu, to są jednak dobrzy ludzie, którzy jej potrzebują. Natychmiast zrobiło mi się żal pani Olsen i każdego, kto musi polegać na innych. Cieszyłem się, że nigdy nie będziemy w takiej sytuacji.

ŚWIĄTECZNY SWETER

Kilka miesięcy później dostałem szansę udowodnienia ojcu, że nauczyłem się lekcji.

Mama jak zwykle pobiegła do banku, ja wykładałem świeże makaroniki na ladę, a tata obsługiwał klientów. Zobaczyłem, że znowu przyjmuje te śmieszne bony jako zapłatę, tym razem od mężczyzny, który kupił chleb, placek i kilkanaście ciastek. Teraz jednak ojciec milczał; nie było ciepłych uśmiechów, przyjacielskiej rozmowy ani zachęcania do smakowitych deserów.

Gdy klient wyszedł, poszedłem za ojcem na zaplecze i spytałem:

– Co się stało, tato?

– Znam tego człowieka, Eddie. Może pracować, ale woli nic nie robić. Nikt, kto jest w stanie zarabiać pieniądze, nie powinien brać ich od innych.

W końcu zrozumiałem, że ojciec, który dorastał w biedzie i walczył o wszystko co posiadaliśmy, zawsze odrzucał propozycje pomocy składane przez innych. Pracował ciężko, żeby rozwinąć interes i utrzymać rodzinę.

– Rząd jest po to, żeby służyć jako siatka asekuracyjna, a nie maszyna do cukierków – powiedział mi pewnego wieczoru.

Nie wiem czy mama dorastała w tym przekonaniu, czy nabrała go po latach spędzonych z moim tatą, ale uważała tak samo. Po jego śmierci znaleźliśmy się w naprawdę trudnej sytuacji, ona jednak nawet nie pomyślała o tym, żeby zwrócić się do kogoś o pomoc.

– Wszystko przetrwamy, Eddie – powtarzała. – Teraz jest trochę ciężko, ale wielu innych potrzebuje pomocy bardziej niż my.

Jak zwykle była optymistką. "Trochę ciężko" nawet w niewielkim stopniu nie opisywało naszego położenia. Kiedy, bardzo rzadko i tylko z wyjątkowych okazji, wychodziliśmy do restauracji, zawsze mnie uprzedzała, zanim nadeszła kelnerka:

– Pamiętaj, Eddie, nie zamawiaj mleka, pełno go mamy w domu. Nie należy być rozrzutnym.

Ja wiedziałem swoje. Nie chodziło o rozrzutność, tylko o brak pieniędzy. Jak zwykle. Mama pracowała właściwie bez wytchnienia w wielu różnych miejscach, nasz dom kruszył się szybciej niż słynne jabłka w cieście taty, a ja nie dostałem porządnego prezentu gwiazdkowego od czasu Sokoła Millennium z *Gwiezdnych wojen*, czyli od dwóch lat.

ŚWIĄTECZNY SWETER

Ten rok miał być inny. Od miesięcy zachowywałem się bardzo dobrze. Wynosiłem śmieci zanim mama poprosiła, wykorzystywałem w domu doskonale wyćwiczone umiejętności zmywania naczyń i ogólnie starałem się nie dawać mamie żadnego powodu do wymówki, że nie kupi mi roweru, na który zasłużyłem.

Niczego nie zostawiałem przypadkowi. Za każdym razem, kiedy jakiś krewny albo sąsiad pytał mnie, co chcę na gwiazdkę, upewniałem się, że mama jest w pobliżu i że słyszy moją szczegółową odpowiedź: czerwony huffy z długim, czarnym siodełkiem.

Głośno pracujący silnik forda wyrwał mnie ze wspomnień. Jechaliśmy główną ulicą, światełka jarzyły się tuż za naszymi zaparowanymi oknami. Próbowałem wyjrzeć przez tylną szybę, żeby się zorientować, gdzie jesteśmy, ale zobaczyłem tylko odbijającą się w niej szopę moich jasnych włosów.

Mama prowadziła ostrożnie, choć śródmieście było dosłownie opustoszałe. Gdy na skrzyżowaniu światło zmieniło się na czerwone, powoli zatrzymała samochód.

– Eddie, spójrz! – Wskazała za okno od strony pasażera.

Przetarłem szybę ręką. Zatrzymaliśmy się tuż przed frontową wystawą dużego sklepu z odzieżą sportową Richmond, w którym pierwszy raz wypatrzyłem huffy'ego, żeby potem marzyć o nim przez cały rok.

Szybko przebiegłem wzrokiem wystawę i zobaczyłem go wśród kijów baseballowych, rękawic i sań. Huffy! Mój huffy. Przez mgłę i śnieg wyraźnie ujrzałem jasnoczerwoną ramę, lśniącą chromowaną kierownicę i czarne siodełko.

– O rany! – Tylko tyle zdołałem wykrztusić.

Mama nie patrzyła na rower, obserwowała mnie w lusterku wstecznym. Nie widziałem jej ust, ale wyczułem, że się uśmiecha. Odpowiedziałem jej tym samym. Perry Como zapewniał nam ścieżkę dźwiękową.

– Chcesz zatankować? – spytała mama kilka minut później, kiedy zajechaliśmy na samoobsługową stację benzynową.

Często zatrzymywaliśmy się po paliwo, bo nasz ford był zawsze spragniony, a mama nigdy nie miała przy sobie tyle pieniędzy, żeby napełnić cały bak.

— Jasne. — Wysiadłem z samochodu. — Mogę kupić dropsy, kiedy pójdę zapłacić?

— Przykro mi, Eddie — odparła łagodnie matka. — Mam pieniądze na dropsy, ale nie na dentystę. — Uśmiechnęła się. — No, idź już.

Wiedziałem, że nie ma pieniędzy na dentystę, ale jej wymówka mnie nie zwiodła. Domyśliłem się, że na dropsy też nas nie stać.

Posłałem jej swoje najlepsze zawiedzione spojrzenie. Mimo wszystko w głębi duszy miałem nadzieję. Brak pieniędzy na cukierki mógł oznaczać, że mama oszczędza na coś innego.

Na rower.

Drugi

W Wigilię Bożego Narodzenia mama jak zwykle była w pracy. Pracowała jako kucharka w miejscowej szkole średniej, ale w okresie świątecznym zawsze dorabiała w centrum handlowym.

Po powrocie ze szkoły siedziałem sam w domu, co mamę zawsze przyprawiało o niepokój. Nienawidziła zostawiać mnie samego. Nie dlatego, że nie potrafiłem o siebie zadbać, tylko dlatego, że byłem zbyt podobny do mojego szelmowskiego dziadka, twórcy przedgwiazdkowej tradycji, którą właśnie ja miałem przejąć: Tajnego Pokazu Przedpremierowego.

W któreś święta kilka lat wcześniej dziadek i ja zostaliśmy sami. Ojciec był jeszcze w pracy, piekł croissanty i ciastka, które wkrótce miały wywołać „achy" i „ochy" przy stołach w całym mieście. Mama i babcia poszły do kościoła. Normalnie zabrałyby dziadka i mnie ze sobą, ale tamtego roku gwiazdka przypadała w poniedziałek, więc jakoś zdołał je przekonać, że świąteczna msza wystarczy za dwa dni. Dużo mogłem się od niego nauczyć.

– Chcesz zagrać w karty, Eddie? – zapytał, kiedy tylko trzasnęły frontowe drzwi.

O, rany, zaczyna się, pomyślałem.

Dziadek uwielbiał grać w karty. Nie, cofam te słowa. On uwielbiał wygrywać. I zawsze wygrywał. Prawdę mówiąc, wygrywał tak często, że stało się czymś w rodzaju niepisanej rodzinnej zasady, żeby nigdy, przenigdy, za żadną cenę, nie grać z nim w karty. To było jak z karmieniem dzikiego zwierzęcia. Z początku mogło się wydawać dobrym pomysłem, ale później zawsze się żałowało.

Wierzyłem, że dziadek wygrywa w karty, bo naprawdę jest w tym dobry, ale tamtego roku byłem już dostatecznie duży, by wiedzieć swoje. Wygrywał, bo oszukiwał. Może „oszukiwał" nie jest właściwym słowem – dziadek miał system. Podobnie jak liczenie kart przy stoliku do blackjacka, jego metody niekoniecznie były nielegalne, ale wolał się nimi nie chwalić.

Podczas gry bardziej się skupiał na wyszukiwaniu dziur w swoim systemie niż na zwycięstwie... choć to ostatnie nigdy nie stanowiło dla niego problemu. Kładłem kartę, on ją brał i wkładał mi ją z powrotem do ręki, mówiąc:

– Nie. Wcale nie chcesz nią zagrać.

Z początku sądziłem, że po prostu mi pomaga, ale później zrozumiałem, że chodziło mu o dreszczyk pościgu. Dla dziadka gra ze mną była jak polowanie na grubego zwierza w zoo, żadnych prawdziwych emocji. Zawsze czułem, że nie tyle gram z nim w karty, ile jestem przedmiotem jego badań.

Sądziłem, że wykorzystuje okazję, żeby doskonalić swój system, a potem wygrywać w czasie cotygodniowych spotkań z kolegami, ale nigdy go o to nie pytałem, a on sam nic mi nie mówił.

– Na pewno nie chcesz zagrać? – upewnił się.

– Przykro mi, dziadku. Może później.

– Jak chcesz. Ale dzisiaj jestem trochę nie w formie. Myślę, że miałbyś szansę mnie pobić. – Dziadek był naprawdę dobrym kłamcą. – Ale skoro naprawdę nie chcesz zagrać w karty... – Ściszył głos, a w jego oczach pojawił się figlarny błysk. – Może wymyślę dla nas coś innego do roboty.

– Co? – zapytałem, co naprawdę znaczyło: „Tak!".

Dziadek miał skłonność do pakowania nas w różnego rodzaju kłopoty, a ja uwielbiałem każdą sekundę wspólnie spędzanego czasu. Jego pomysły zwykle oznaczały skomplikowaną intrygę, którą planował przez wiele tygodni. Jak świadczył chociażby jego tajny system gry w karty, dziadek lubił działać w szarej strefie między literą a duchem prawa.

– Chodź ze mną – powiedział tonem, z którego zniknęła wesoła nuta.

Swoje pomysły traktował bardzo poważnie. Gdy razem wyruszaliśmy na misję, nieważne jak absurdalną, staraliśmy się wyciągnąć z niej jak najwięcej. Przy rzadkich okazjach, kiedy nas przyłapywano, zręcznie stosował nadzwyczaj skomplikowaną, ale wypróbowaną strategię: zaprzeczać, zaprzeczać, zaprzeczać. O dziwo, działała w większości wypadków, bo dorośli po prostu nie chcieli uwierzyć, że dojrzały mężczyzna naprawdę był w stanie zrobić coś takiego.

Świetnym przykładem jego metod może być lato sprzed dwóch lat, kiedy to u swojej ciotki, która mieszkała naprzeciwko moich dziadków, zamieszkał nieznośny nastolatek. Chłopak z piekła rodem do późna w nocy wrzeszczał i rozrabiał, niszczył skrzynki na listy i ogólnie uprzykrzał życie wszystkim w tej zazwyczaj spokojnej okolicy.

Jego ulubiona zabawa rozpoczynała się po zmroku, kiedy na krętej wiejskiej drodze, która biegła przez nasze ustronie, stawiał murek z kamieni. Umieszczony dokładnie pośrodku małego wzniesienia, był niewidoczny z samochodów jadących z obu kierunków. Choć niewysoki – zaledwie na kilka cali – wystarczał, żeby w pechowych autach, które w niego uderzały, pękała opona, wypadała jakaś śruba albo działo się coś gorszego.

Po kilku pierwszych wypadkach sąsiedzi wezwali policję. Na niewiele się to zdało, bo nikt nie przyłapał wyrostka na gorącym uczynku. Po jakimś czasie zrezygnowani ludzie tylko liczyli dni do wyjazdu niepożądanego gościa. Ale nie dziadek.

Kilka dni po pierwszym incydencie zaczął obmyślać plan. Zauważył, że wieczorami, kiedy cichnie wrzawa, smarkacz zostawia futbolówkę na ganku ciotki. Następnego ranka podczas śniadania zaobserwował, że chłopak biega po podwórku na bosaka i kopie piłkę. Ta zabawa podsunęła mu prosty, ale diaboliczny pomysł.

Pewnej nocy, kiedy wszyscy spali, ukradkiem wziął piłkę z ganku sąsiadki i zaniósł ją do swojego warsztatu. Tam ostrożnie ją rozpruł i napełnił tymi samymi kamieniami, których gówniarz używał do budowy zapory drogowej. Następnie zaszył ją z powrotem i odniósł na ganek.

Nie wiem, co dokładnie wydarzyło się później, ale następnego popołudnia chłopak miał gips na stopie, a sąsiedzi odzyskali upragniony spokój.

Nawet nie przypuszczali, że zawdzięczają go mojemu dziadkowi.

Choć nigdy nie wiedziałem, kiedy spłata kolejnego psikusa, zawsze się domyślałem, że coś się stało, kiedy bez szczególnego powodu załatwiał sobie alibi. W czasie spaceru do stodoły albo wycieczki do miasta rzucał jakąś tajemniczą uwagę, na przykład:

— A przy okazji, Eddie, gdyby ktoś cię pytał, wczoraj około szóstej wieczorem byliśmy w sklepie spożywczym.

Ja się uśmiechałem i nigdy nie musiałem pytać, dlaczego.

Jedynymi osobami, które mogły go o coś podejrzewać, były mama i babcia. Wiedziały, że tylko dziadek byłby w stanie zadać sobie tyle trudu, żeby dać komuś nauczkę, wypełniając futbolówkę kamieniami. Tak czy inaczej, nigdy do niczego się nie przyznawał. Gdy stawało się jasne, że nikt nie wierzy w jego zaprzeczenia, mówił:

— Eddie mógłby rzeczywiście mieć z tym coś wspólnego.

Choć to brzmiało, jakby po prostu zwalał winę na mnie, prawda była inna. Dziadek chętnie korzystał z tej linii obrony, bo sam miał na imię Edward. Kiedy mówił, że „Eddie to zrobił", ludzie oczywiście przyjmowali, że ma na myśli mnie, ale on czuł się w porządku, bo przecież, formalnie rzecz biorąc, nie kłamał. Na szczęście, ci, co go znali, nie dawali się zwieść, więc nigdy przez niego nie wpadałem w kłopoty.

A wracając do tamtego mojego pobytu na farmie, w końcu wyruszyliśmy na kolejną tajną misję. Dziadek stawiał długie, zdecydowane kroki, ja starałem się dotrzymać mu tempa, ale na moich krótkich nogach robiłem dwa kroki na jego jeden. Gdy stanęliśmy przed szafą w pokoju gościnnym, dziadek bez słowa otworzył drzwi, sięgnął ręką w kąt i wyjął opakowany prezent. Zaniemówiłem.

– Pierwsze, czego musi się nauczyć miłośnik gwiazdki, to tego, że najlepsze prezenty trafiają pod choinkę dopiero w świąteczny ranek – wygłosił stanowczym tonem.

Oczy zrobiły mi się okrągłe, kiedy dziadek sięgnął za kosz z ubraniami i wyjął kolejny pakunek, trochę większy od pierwszego.

– O, babcia robi się przebiegła – rzucił ze śmiechem, najwyraźniej dumny z siebie. Wyłowił z szafy jeszcze cztery prezenty. – No, dobrze, Eddie, a teraz przyłóż to do ucha. Jak myślisz, co jest w środku?

Wziąłem pudełko, uważając, żeby nie rozerwać papieru ani nie zgnieść kokardki. Nalepka głosiła: „Dla dziadka od babci". Przystawiłem prezent do ucha, niepewny, czego właściwie mam słuchać.

– Hm... – Udawałem, że rozważam różne możliwości, choć tak naprawdę nic nie przychodziło mi do głowy. – Nie wiem. Naprawdę nic nie słyszę.

– Pozwól, że ja spróbuję – rzekł dziadek, ledwo opanowując podniecenie.

Podałem mu pudełko, a on przystawił je do ucha. Zamknął oczy, potrząsnął nim lekko i po chwili ogłosił werdykt:

– To zimowy płaszcz. Brązowy.

– Naprawdę? – Byłem wstrząśnięty. – Skąd wiesz?

– Słyszę. A teraz podaj mi ten.

Wziąłem prostokątny pakunek, włożyłem w jego wielkie ręce i patrzyłem, jak powtarza procedurę. Słucha, potrząsa, odczekuje chwilę i podaje wynik.

– To lokówka. Jedna z tych wymyślnych, które automatycznie się wyłączają.

Osłupiałem. Nie z powodu zawartości paczki, tylko pewności dziadka. W jego głosie nie było nawet krzty wahania.

Poprosił mnie o ostatnie dwa prezenty i powtórzył całą operację. Naśladując go, przystawiłem dwa pierwsze do ucha i starałem się usłyszeć cokolwiek, ale oba pudełka milczały.

Dziadek usiadł na podłodze obok prezentu, który uznał za nowy dzbanek do kawy dla mojej mamy.

– Chodź do mnie, Eddie. Chcę cię czegoś nauczyć. Gwiazdka to cała sztuka. – Uśmiechnął się, w oczach tańczyły mu wesołe iskierki. – Niektórzy mogliby powiedzieć, że to, co ci pokażę, to czarna magia, ale wolę myśleć o niej jako o zielonej i czerwonej.

Przysunąłem się do niego.

– Uważam, że nadeszła pora, żebyś w końcu zrozumiał magię Bożego Narodzenia.

– Dziadku, ja już ją rozumiem. Nie jestem dzieckiem.

– Nie o tym mówię. Sama magia jest prawdziwa, ale czasami trzeba jej trochę pomóc. I właśnie ja „pomagam". To tak jak z chlebem twojego taty. Ciasto z drożdży i mąki może samo wyrosnąć, ale nic z niego nie będzie, jeśli twój tata nie wsadzi go do pieca. I właśnie ja jestem takim piecem dla gwiazdkowych prezentów. – To był mój dziadek w najlepszym wydaniu.

Nie czekając, by sprawdzić czy zrozumiałem jego zagadkową analogię, wziął kwadratowy prezent, obrócił go i dmuchnął delikatnie na taśmę klejącą. Powierzchnia taśmy zaszła mgłą od jego oddechu. Wtedy dziadek delikatnie chwycił koniec taśmy paznokciem i upewnił się, że uda mu się ją oderwać bez podarcia papieru.

Kiedy go obserwowałem, musiałem mieć oczy wielkie jak spodki. Dziadek położył prezent na dywanie i delikatnie wyjął pudełko z papierowego opakowania. Podał mi je, mówiąc:

– Otwórz. Ale uważaj.

Zdjąłem pokrywę, rozchyliłem czerwoną bibułkę i zobaczyłem prezent: ceramiczny, orientalny dzbanek do herbaty i cztery małe filiżanki. Dokładnie taki, jaki chciała moja mama, a dziadek to przewidział.

Wzięliśmy się za następne prezenty. Na niektórych było kilka warstw taśmy, więc jej odklejenie wymagało dużej cierpliwości; dziadek nie omieszkał mi przypomnieć, że jest to cnota. Inne pakunki były zawinięte tak ciasno, że trzeba było odwrócić je do góry nogami, żeby wydostać pudełko. Kolejno rozpakowaliśmy wszystkie, a potem zapakowaliśmy je z powrotem. (Później dowiedziałem się, że w okresie przedświątecznym dziadek otwierał wszystkie swoje prezenty co najmniej trzy razy). Kiedy skończyliśmy, ostrożnie umieścił je z powrotem w kryjówce. Zeszliśmy na dół.

Wtedy nie wiedziałem, że jeszcze nie skończyliśmy misji.

Pod choinką leżał cały stos prezentów do zbadania. Sprawdziliśmy je wszystkie. Nie miało znaczenia, dla kogo są ani od kogo. Otwieraliśmy je, rozmawialiśmy o nich, a czasami nawet się nimi bawiliśmy. Potem wszystkie zapakowaliśmy i odłożyliśmy pod drzewko, dokładnie tam, skąd je wzięliśmy.

Dziadek kazał mi przysiąc, że dochowam tajemnicy, choć wcale nie musiał tego robić. Wiedziałem, że Operacja Pokaz Przedpremierowy będzie dla mnie w nadchodzących latach częścią świątecznej magii, i nie zamierzałem tego zepsuć. Dziadek był mistrzem, ale ja szybko stałem się jego bardzo zdolnym uczniem, podobnie jak mój tata nauczył się pieczenia od swojego ojca.

Mama miała być w pracy jeszcze co najmniej dwie godziny, więc miałem dużo czasu na tegoroczną Operację.

Mama i ja przez kilka ostatnich świąt prowadziliśmy ciągłą, choć ukrytą grę w kotka i myszkę. Ona znajdowała świetne kryjówki, ja odkrywałem jej świetne kryjówki. Ona znajdowała jeszcze lepsze, ja również je odkrywałem. Może nie byłem tak utalentowany jak sądziłem, jeśli chodzi o odkładanie prezentów na miejsce, bo mama zawsze jakoś się domyślała, że myszkowałem.

W tym roku, kiedy zacząłem przeszukiwać dno szafy w jej sypialni, byłem zdecydowany nie zostawić najmniejszego śladu. Ostatecznie miałem dwanaście lat i byłem pewien, że w końcu potrafię przeprowadzić „operację" równie dobrze jak dziadek.

Kiedy wsunąłem rękę do szafy, uświadomiłem sobie, że w głębi duszy mam nadzieję, że nie znajdę tam prezentu. Gdyby zmieścił się w szafie, nie mógł to być rower, a tylko taki prezent chciałem dostać w tym roku. Liczyłem na to, że znajdę rachunek. Wiedziałem, że mama jest dostatecznie sprytna, by go schować.

Starannie przeszukałem wszystkie kąty i zakamarki. I namacałem pudełko. Małe. Nieopakowane.

– O, mama popełniła błąd – powiedziałem do siebie ze śmiechem i wyjąłem pudełko z ciemności. Wieczko pokrywała cienka warstwa kurzu. Jak mogłem je przegapiać przez kilka ostatnich lat?

Otworzyłem je ostrożnie, starając się nie zostawić na kurzu odcisków palców, gdyby to była wymyślna pułapka zastawiona przez mamę. Kiedy rozwinąłem bibułkę, od razu zrozumiałem, że tak nie jest. Dobrze znałem przedmiot znajdujący się w środku. To był ulubiony stary Hamilton mojego taty. Pasek nadal lekko pachniał jego wodą kolońską „Old Spice".

Raptem pojawiło mi się w głowie wspomnienie ostatniego razu, kiedy widziałem ten zegarek. Jakieś cztery lata temu, tuż po porannej burzy śnieżnej, która opóźniła rozpoczęcie lekcji w szkole, w poniedziałek, kiedy piekarnia jak zwykle była zamknięta. Tata kucał przede mną zgarbiony i zakładał mi na buty plastikowe woreczki do pakowania krojonego chleba. Moi koledzy chodzili w prawdziwych nieprzemakalnych butach zimowych, ale ojciec twierdził, że to strata pieniędzy, skoro mamy w domu tyle darmowych worków foliowych, które mogą spełnić podobne zadanie. Powinna to być dla mnie wskazówka, że zdecydowanie nie jesteśmy Rockefellerami, ale wtedy takie wytłumaczenie miało dla mnie sens.

Kiedy ojciec przymocowywał gumą folię na butach i moich chudych łydkach, rękaw jego koszuli się podciągnął, odsłaniając lśniący zegarek. Spojrzałem na niego i stwierdziłem, że jestem poważnie spóźniony do szkoły. Bałem się, że będę musiał biec po topniejącej brei w śliskich plastikowych torebkach, które może ochronią mnie przed wodą, ale nie przed upadkiem.

– Tato, naprawdę muszę iść, bo się spóźnię – powiedziałem w nadziei, że zrezygnuje z zakładania prowizorycznych śniegowców i odwiezie mnie do szkoły.

– Przykro mi, Eddie. Wolę, żebyś się spóźnił, niż musiał siedzieć przez wszystkie lekcje zmarznięty i z przemoczonymi stopami. Jeszcze tylko chwila.

Patrzyłem na zegarek, widziałem, jak mała wskazówka się przesuwa. Każdy jej obrót uświadamiał mi, o ile szybciej będę musiał biec, żeby zdążyć na czas.

Myślałem również o tym, że choć mój tata jest piekarzem, a w domu mamy mnóstwo torebek foliowych, zawsze brakuje nam chleba.

– Eddie, jeśli przyniosę do domu cały chleb, co będę sprzedawał? – pytał ojciec.

Wiedziałem, że to tylko wymówka. Prawda była taka, że po długim dniu pracy moi rodzice śpieszyli się z zamknięciem piekarni i po prostu zapominali wziąć do domu pieczywo, na które patrzyli przez cały dzień.

Matka twierdziła, że to zabawna sytuacja. Żartowała, że syn szewca chodzi bez butów, a syn rzeźnika nie je mięsa, ale dla mnie to nie było śmieszne.

Tak się przyzwyczaiłem do braku chleba w domu, że kiedyś wyłożyłem cały słoik masła orzechowego do miski i zacząłem jeść je łyżką. Mama weszła do kuchni i osłupiała.

– Co ty wyprawiasz, Eddie? – zapytała, szczerze zdziwiona widokiem kopiastych łyżek masła, które wkładałem do buzi.

– O co ci chodzi? – zapytałem, najwyraźniej jak zdołałem, wziąwszy pod uwagę fakt, że ledwo mogłem otworzyć sklejone usta. – Nie mamy chleba.

– To nie jest powód, żebyś jadł jak zwierzę. Przestań.

Po jej wyjściu zjadłem ukradkiem jeszcze kilka łyżek, a resztę włożyłem z powrotem do słoika. Na szczęście, skoro mama zbeształa mnie tylko za jedzenie masła orzechowego, inne rzeczy nadal były dozwolone. Przez kilka następnych tygodni rozkoszowałem się pełnymi miskami kremu marshmallow, dżemu truskawkowego, a nawet bitej śmietany. Potem spróbowałem majonezu i moje eksperymenty zakończyły się bardzo niemiło.

ŚWIĄTECZNY SWETER

Gdy tata wreszcie przymocował mi worki do butów, wybiegłem na zimno. Późna godzina dawała mi pretekst do pośpiechu, ale tak naprawdę chciałem jak najszybciej zniknąć z widoku, żeby zerwać te głupie torebki z nóg. Kiedyś popełniłem błąd, pokazując się w nich w szkole, i minęły miesiące, zanim koledzy przestali się ze mnie śmiać. „Torebkowy Ed" było moim pierwszym przezwiskiem, ale szybko okazało się, że lepsze jest „Chlebowy Eddie". Dopiero na wiosnę wszyscy zapomnieli o incydencie. Nie zamierzałem go im przypominać.

Druga wskazówka Hamiltona, która przypomniała mi, jak bardzo chciałem uciec od ojca w tamten śnieżny zimowy dzień, teraz stała bez ruchu i drwiła ze mnie. Żałowałem, że wtedy tak szybko popędziłem do szkoły. Czas jakby już nie miał znaczenia.

Ostrożnie schowałem zegarek z powrotem do pudełka, zawinąłem w bibułkę i odłożyłem na miejsce. Zdziwiłem się, że pamiątka po ojcu spoczywa w głębi ciemnej szafy, ale w końcu uznałem, że to stosowny schowek.

Zanim przeszedłem do bardziej wymyślnych kryjówek, postanowiłem sprawdzić najbardziej oczywistą: łóżko mamy. Była to rozpaczliwa próba, ale nie mógłbym znieść, gdyby prezent znajdował się tak blisko, a ja bym go przegapił.

Położyłem się na brzuchu i wczołgałem pod łóżko. Kiedy mój wzrok przyzwyczaił się do ciemności, zobaczyłem same znajome rzeczy. Kilka pudełek z butami, deski do przedłużenia stołu jadalnego, przybory do szycia i... chwileczkę, co to? Zauważyłem pakunek, którego nigdy wcześniej nie widziałem. Miał słuszne rozmiary i był lśniący. Zapamiętałem jego pozycję, zanim wyciągnąłem go na światło.

Był większy od pudełka na buty i dużo głębszy. Na wierzchu widniał opis skreślony ręką mamy: „Paragony świąteczne". Czyżby to rzeczywiście okazało się aż takie łatwe? Ręce drżały mi z emocji.

Ostrożnie zdjąłem wieczko i zajrzałem do środka. Był tam tylko jeden rachunek. Nie bądź rozczarowany, pomyślałem. Jeden rower, jeden paragon. Szybko rozwinąłem karteczkę, z nadzieją, że przeczytam nazwę „Richmond" wydrukowaną na górze, ale okazało się, że nie ma na nim nazwy sklepu ani zakupionej rzeczy, ceny ani daty. Zamiast tego zobaczyłem odręcznie napisany liścik:

Cześć, Panie Wścibski. Możesz przestać szukać. Twój prezent przez cały czas był pod Twoim nosem, ale nigdy go nie znajdziesz.

To nie mogła być prawda. Mama pokonała mnie moją własną bronią. Dziadek byłby bardzo rozczarowany. Dziadek. Nagle powróciło wspomnienie, jak mnie uczył zdejmować taśmę klejącą. On nigdy by się tak łatwo nie poddał. Poczułem przypływ energii. Może przegrałem bitwę, ale nie przegram wojny.

Starannie złożyłem kartkę wzdłuż zagnieceń, schowałem z powrotem do pudełka i wsunąłem je pod łóżko, na właściwe miejsce. Gdyby mama się nie dowiedziała, że znalazłem liścik, formalnie rzecz biorąc, nie przegrałbym. Przy odrobinie szczęścia moja godność i honor dziadka jeszcze mogły zostać uratowane.

Trzeci

To dziwne, jak szybko życie potrafi się zmienić. Kilka lat wcześniej pieniądze były ostatnią rzeczą, która zaprzątała mi myśl. Teraz myślałem tylko o nich. Kilka lat wcześniej miałem ojca. Teraz nie żył. Kilka lat wcześniej uwielbiałem śpiewać z mamą kolędy w Wigilię. Teraz nie przychodziło mi do głowy nic gorszego.

Trudno być dwunastoletnim chłopcem. Jeszcze trudniej być dwunastoletnim chłopcem, którego matka najwyraźniej dostała misję od Boga, żeby wprawiać go w zakłopotanie. Przynajmniej ja się tak czułem w te święta.

– Mamo, nie każ mi iść. Już jestem na to za duży. – Z góry wiedziałem, że kłótnia to przegrana sprawa.

— Daj spokój, Eddie, zawsze się dobrze bawisz. Panie cię uwielbiają. Poza tym, jak zmierzą twój wzrost na futrynie, jeśli się nie pojawisz?

Mama się uśmiechała, ale czułem, że stąpam po kruchym lodzie. Jeśli zbyt mocno będę protestować, dostanę rower dopiero po świętach.

— No, dobrze. Ale może chociaż to skrócimy? Chcę mieć jeszcze siły, żeby odmówić dzisiaj wieczorem modlitwy. — Nie używałem tej wymówki od lat, ale miałem nadzieję, że mamie bardziej zależy na moim modleniu się niż na śpiewaniu kolęd.

Uśmiech zniknął jej z twarzy. Oho!

— Eddie, twoje nagłe oddanie Bogu jest budujące, ale wierz mi, Bóg będzie bardzo szczęśliwy, słuchając twoich modlitw, niezależnie od tego, ile będziesz miał sił. Idź po torebki „Wonder Bread" i przygotuj się do wyjścia.

Sytuacja szybko zmieniła się ze złej na jeszcze gorszą. Nigdy nie sądziłem, że może istnieć rzecz bardziej krępująca od ochraniaczy na buty wymyślonych przez mojego tatę, ale po jego śmierci mama znalazła coś takiego. Plastikowe opakowania na chleb „Wonder Bread". Nie dość, że w ogóle musiałem je nosić, to jeszcze na dodatek były ozdobione kolorowymi kropkami. Dla mnie to był prawdziwy koszmar.

– Nie potrzebuję ich dzisiaj – oświadczyłem stanowczym tonem. – Przecież od razu wsiadamy do samochodu.

– Nie sprzeczaj się, Eddie. Na dworze jest plucha. Nie mogę pozwolić, żebyś przez cały wieczór chodził w mokrych butach. Mógłbyś się rozchorować na święta.

Ktoś powinien udzielić mojej mamie lekcji na temat wirusów. Nawet ja wiedziałem, że nie można złapać przeziębienia od chłodu, ale uznałem, że wykład na temat zdrowia nie będzie najmądrzejszą reakcją. Podjąłem właściwą decyzję, że będę trzymać język za zębami.

– Dobrze, włożę je.

Szukałem torebek pod kuchennym zlewem, kiedy usłyszałem dzwonek. Drzwi wejściowe otworzyły się i po chwili w całym domu rozbrzmiał charakterystyczny gwar rozmowy dwóch dorosłych kobiet. Przyszła ciocia Cathryn.

Miałem dziewięć lat, kiedy zrozumiałem, że „ciocia" Cathryn nie jest moją krewną, tylko sąsiadką. Jej dorosłe dzieci już opuściły dom, więc uznała nas za swoją rodzinę. Tak czy inaczej, była bez wątpienia najmilszą osobą, jaką znałem. A mama zawsze czuła się szczęśliwa w jej obecności.

Niechętnie przyniosłem torebki do salonu i usiadłem na kanapie, żeby zaczekać na nieuniknioną sekwencję wydarzeń, które zaraz miały nastąpić.

– Eddddie, jak się masz? – Ciocia Cahtryn mocno uszczypnęła mnie w policzki. Nienawidziłem tego. – Wesołych świąt! – Zdecydowanie nie należała do osób cichych i nieśmiałych.

– Dobrze, ciociu Cathryn. A ty jak się masz?

– Jak zawsze świetnie, Eddie, ale dziękuję, że pytasz. Nie mogę uwierzyć, że znowu są święta. Przecież dopiero co chodziliśmy z kolędą!

To niedomówienie stulecia, pomyślałem. I po raz drugi tego wieczoru ugryzłem się w język.

– Och, jaka piękna choinka!

Ciocia Cathryn miała więcej energii niż inne znane mi osoby. Gdyby mierzyć wagę tego zdania entuzjazmem, z jakim je wypowiedziała ciocia, mogłaby być prezydentem. Ale raptem jej głos stał się dziwnie cichy:

– A gdzie jest gwiazda?

ŚWIĄTECZNY SWETER

Rzeczywiście, na wszystkich gałązkach wisiały dekoracje, ale czubek był pusty. Brakowało gwiazdy, która zwykle go zdobiła, bo nie znalazł się w domu nikt na tyle wysoki, żeby ją tam nasadzić... co boleśnie przypominało, że czegoś czy raczej kogoś też brakuje.

– Zajmę się tym – zaproponowałem, bo nie chciałem w Wigilię wdawać się w rozmowę o tacie.

Przyniosłem drabinkę ze schowka w przedpokoju i rozstawiłem ją obok drzewka. Następnie wróciłem do schowka po pudełko z ozdobami choinkowymi. Wszedłem na drabinkę i przypiąłem gwiazdę do czubka. Ciocia Cathryn uśmiechnęła się szeroko.

– No, dobrze, Eddie, właśnie oficjalnie zostałeś panem domu – powiedziała matka.

I natychmiast pożałowała tych słów. Ciocia Cathryn i ja wbijaliśmy wzrok w podłogę w niezręcznym milczeniu, myśląc o tym samym.

※

Po włożeniu ozdobionych kolorowymi kropkami woreczków na buty, gdy już wyglądałem dostatecznie śmiesznie, we trójkę wsiedliśmy do naszego samochodu, żeby pojechać do domu spokojnej starości. Śpiewaliśmy tam kolędy w każdą Wigilię Bożego Narodzenia od pięciu albo sześciu lat.

Na szczęście kolędowaliśmy w środku. Byłoby wystarczająco źle, gdyby ktoś zobaczył mnie śpiewającego z matką, ale jeśli dorzucić do tego torebki foliowe na buty i ciocię Cathryn, „Chlebowy Eddie" wydawałby się miłym snem w porównaniu z udręką, która by mnie czekała.

Matka jechała bardzo wolno, ciocia Cathryn majstrowała przy gałce radia. Po pięciu minutach szumu przerywanego dziesięciosekundowymi urywkami piosenek miałem dość.

– Jest jakaś szansa, że zostaniemy przy jednej stacji? – zapytałem.

Jeśli chodzi o trzymanie języka za zębami, za trzecim razem mi nie wyszło.

– Jasne – powiedziała ciocia Cathryn. – Ja tylko szukałam świątecznej pieśni, żebyśmy mogli poćwiczyć harmonię.

Roześmiałem się mimo woli.

– Harmonię? Jeśli myślisz, że nasze głosy są zgrane, musisz być równie głucha jak nasza publiczność.

Cios drugi.

Uniosłem wzrok i zobaczyłem, że matka piorunuje mnie spojrzeniem w lusterku wstecznym. Potrafiła dać mi wykład, tylko na mnie spoglądając. Teraz nakazywała mi wzrokiem siedzieć cicho.

– Mamo!

Matka skierowała uwagę z powrotem na drogę i gwałtownie wcisnęła hamulec. Zatrzymaliśmy się z piskiem opon tuż za tylnym zderzakiem jadącego przed nami samochodu. Wzrok mamy znowu napotkał mój w lusterku, ale tym razem nie było w nim gniewu, tylko troska.

– Eddie, nic ci nie jest?

– Wszystko w porządku, mamo. – Czułem się odpowiedzialny. To mój głupi żart rozproszył jej uwagę.

– Zdaje się, że przed nami był wypadek. Dobrze, że nie wzięliśmy w nim udziału.

Ledwo posuwaliśmy się do przodu. Kakofonia klaksonów zagłuszała świąteczną pieśń lecącą w radiu.

Jakieś dwadzieścia minut później zobaczyliśmy radiowozy z migającymi światłami. Z miejsca wypadku już usunięto wraki, ale drogę zaściełało rozbite szkło. Spojrzałem w lusterko i zobaczyłem, że mama pochyla głowę, jakby szeptała modlitwę.

Gdy minęliśmy miejsce wypadku, korek się rozładował, ale groziło nam, że się spóźnimy na śpiewanie kolęd.

– Myślisz, Eddie, że powinniśmy wrócić do domu? – zapytała mama.

Spodobało mi się, że potraktowała mnie jak dorosłego. W pierwszym odruchu chciałem powiedzieć: „Tak, wracajmy do domu". Ale potem uświadomiłem sobie, że mam okazję zatrzeć swoje dwa niedawne wyskoki.

– Nie, jedźmy dalej – odparłem z przekonaniem. – Nawet jeśli spóźnimy się na samo kolędowanie, to chociaż przywitamy się ze wszystkimi.

Mama odpowiedziała mi samym spojrzeniem. Widać było, że jest pod wrażeniem. Jej wzrok mówił: dokonałeś właściwego wyboru.

Kilka minut później wjechaliśmy na parking przed domem spokojnej starości. Choć wiedziałem, że nikt nie zobaczy mnie w czasie czterdziestosekundowego marszu do frontowych drzwi, czułem się nieswojo.

W przegrzanym domu unosił się charakterystyczny zapach. Kiedy szedłem korytarzem do świetlicy, usłyszałem kolędy. Z początku były to tylko przytłumione dźwięki, ale w miarę jak się zbliżaliśmy, zacząłem odróżniać słowa „God Be with You Till We Meet Again".

To nie była kolęda, ale tata co roku nalegał, żebyśmy śpiewali tę pieśń na koniec. Twierdził, że wzmianki o Świętym Mikołaju i śniegu są wspaniałe, ale chodzi głównie o to, żeby natchnąć ludzi prawdziwym duchem Bożego Narodzenia, a ta pieśń nigdy w tej kwestii nie zawodziła. W pierwszym roku próbowałem protestować, ale kiedy podniosłem wzrok i zobaczyłem łzy w oczach naszej publiczności, zrozumiałem, że tata miał rację.

Bóg z tobą, póki się znów nie spotkamy;
Niech cię Jego rady strzegą i prowadzą;
Bądź bezpieczny w Jego owczarni;
Bóg z tobą, póki się znów nie spotkamy.

Przestaliśmy wykonywać tę pieśń po śmierci taty. Wszyscy wiedzieli, że dla mamy i dla mnie słuchanie jej będzie zbyt trudne. Ale ponieważ w tym roku się spóźniliśmy, inni odśpiewali ją bez nas. Teraz, kiedy znajome słowa nabrały nowego znaczenia, zalała mnie fala wspomnień.

Miałem sześć lat. Tata podniósł mnie, żebym mógł nasadzić gwiazdę na czubek naszej choinki.

Siedem lat. Tata rozłożył nową kolejkę i bawił się ze mną przez cały dzień... nie skarżąc się, kiedy prosiłem go, żeby wołał: "Szu, szu".

Osiem lat. Tata kupił mi pierwszą futbolówkę. Graliśmy na podwórku zasypanym śniegiem, aż w końcu tak się zmęczył, że już nie mógł biegać. Od jakiegoś czasu szybko się męczył.

Dziewięć lat. Otworzyliśmy prezenty w szpitalnym pokoju. Mama powiedziała, że chemia za bardzo osłabiła tatę, żeby mógł wrócić do domu. Uścisnął mi rękę i obiecał, że wkrótce znowu zagramy w piłkę. Nie pozwoliłem, żeby zobaczył mnie płaczącego.

Miesiące przeleciały w mgnieniu oka i już byłem na pogrzebie taty. W trumnie wyglądał spokojnie i zdrowiej niż przez ostatni rok. To wydawało się niesprawiedliwe. Chór zaśpiewał jego ulubioną pieśń.

Bóg z tobą, póki się znów nie spotkamy;
Niech cię Jego rady strzegą i prowadzą;
Bądź bezpieczny w Jego owczarni;
Bóg z tobą, póki się znów nie spotkamy

– Eddie? Wchodzisz?

Stałem sam na korytarzu.

– Wszyscy chcą cię zobaczyć.

Z pokoju nadal dobiegały kolędy.

ॐ

Świetlica wyglądała i pachniała dokładnie tak samo jak co roku. Na ścianach wisiały śnieżynki wycięte z kartonu, cały lewy kąt zajmowała za duża i przesadnie udekorowana choinka. Na składanym stoliku do kart stała nietknięta misa czerwonego ponczu.

– Eddie!

Usłyszałem radosny okrzyk, ledwo wszedłem przez drzwi.

– Cześć, pani Benson.

Staruszka pędziła prosto na mnie, pchając chodzik po linoleum. Za nią zobaczyłem kilka znajomych twarzy. Wiedziałem, że czeka mnie nieuniknione szczypanie w policzek. Zastanawiałem się, w jakim wieku chłopiec wyrasta z takiego upokorzenia.

Kilka minut później uściski, potrząsanie dłońmi i komentarze: „Patrzcie, jak Eddie wyrósł!" wreszcie się skończyły. Policzki miałem obolałe, ale tak naprawdę dobrze się czułem w otoczeniu osób, które mnie lubiły.

– A więc, Eddie, co chcesz dostać w tym roku na gwiazdkę? – Pani Benson wyglądała na dumną z tego, że co roku pierwsza zadaje mi to pytanie.

Zwykle odpowiadałem, że nie jestem pewien, ale ponieważ teraz mama siedziała tuż obok mnie, uznałem, że mam ostatnią szansę, by jasno wyrazić swoje pragnienie.

– Czerwony rower huffy z czarnym długim siodełkiem – odpowiedziałem trochę głośniej, niż to było konieczne.

– Świetny pomysł – stwierdziła pani Benson, najwyraźniej zaskoczona, że po tylu latach w końcu otrzymała konkretną odpowiedź. – Już czas, żebyś dostał rower. Zasłużyłeś na niego po tym co przeszedłeś.

Ona nie ma pojęcia, pomyślałem. Nie tylko zasłużyłem na rower, ale na niego zarobiłem!

Po dwóch godzinach ciepłych uśmiechów i fałszywego śpiewania wyjechaliśmy z parkingu domu spokojnej starości i ruszyliśmy do domu. Mógłbym skłamać, że wieczór ciągnął się jak cała wieczność, ale prawda była taka, że minął zbyt szybko. Już zapomniałem, jak bardzo lubiłem przebywać z tymi ludźmi. Dzięki nim poczułem ducha Bożego Narodzenia, przestałem myśleć o tym, jak bardzo tęsknię za ojcem, nie wspominając o naszej walce o pieniądze i o woreczkach na buty. Stwierdziłem, że całkiem miło jest być dzieckiem w grupie bardzo starych osób.

Mama miała szósty zmysł. Nie tracąc czasu, postanowiła potwierdzić swoje podejrzenia.

– Nie było tak źle, jak myślałeś, prawda, kochanie?

– Chyba nie. – Nie zamierzałem tak łatwo ustąpić.

– To, jakie jest życie, zależy od ciebie. Zawsze znajdziesz śmiech i radość, jeśli tylko zechcesz je dostrzec.

Mama i ja znowu spojrzeliśmy sobie w oczy. Tym razem nie umiałem odczytać jej spojrzenia. Nie wiedziałem czy po prostu udziela mi lekcji życia, czy stara się mnie sprowokować do przyznania, że znalazłem liścik pod jej łóżkiem. Milcząc, odwróciłem wzrok.

– Przeważnie jesteśmy tak skoncentrowani na tym, czego byśmy chcieli, że nie potrafimy docenić tego, jacy już jesteśmy szczęśliwi – ciągnęła mama. – Dopiero kiedy zapominamy o naszych kłopotach i pomagamy innym zapomnieć o ich kłopotach, uświadamiamy sobie, jak nam dobrze.

Wiedziałem, że ma rację, ale bardziej interesował mnie następny dzień niż głęboka rozmowa. Była Wigilia i tylko kilka godzin dzieliło mnie od chwili, kiedy dostanę rower, który zmieni moje życie.

Poszedłem na górę, szybko wyszorowałem zęby i włożyłem świąteczną piżamę w niebieskofioletowym kolorze. Wprawdzie nie chciałem, żeby ktoś mnie w niej zobaczył, ale zrobiło mi się trochę smutno na myśl, że pewnie mam ją na sobie ostatni raz. Co roku na gwiazdkę babcia szyła mi nową i choć piżama nie mogła konkurować z rowerem, należała do prezentów, na które zawsze mogłem liczyć. A najważniejsze, że kiedy ją wkładałem, myślałem o babci, która była jak sekwoja, silna i cicha, tak że czułem się bezpiecznie w cieniu jej miłości.

– Mamo, mam już dwanaście lat – zacząłem ostrożnie, wsuwając się pod kołdrę. – Musisz mnie jeszcze otulać?

– Tak, proszę pana, muszę.

— Ale jestem prawie mężczyzną. — Pewnie te słowa wywarłyby większy efekt, gdybym nie wypowiedział ich z pościeli w scenki z „Gwiezdnych wojen".

— Sądzę, że nadejdzie dzień, kiedy oboje uznamy, że czas na zmianę. A poza tym już cię nie opatulam, młody mężczyzno. Po prostu siedzę z tobą przez kilka minut i mówię ci dobranoc. To jest różnica.

— W porządku.

— Poza tym chcę z tobą porozmawiać o dzisiejszej wizycie. Wiem, że słyszałeś tę pieśń.

Sen i świąteczny poranek były takie bliskie. Nie miałem ochoty na kolejną lekcję życia.

— Jaką pieśń?

Mama nie dała się nabrać na moją udawaną ignorancję.

— Twój ojciec zaśpiewał mi ją po raz pierwszy na koniec naszej pierwszej randki. „Póki się znów nie spotkamy, póki się znów nie spotkamy...". — Zaśmiała się. — Miał straszny głos. Na sam jego dźwięk przeszły mnie ciarki, ale pomyślałam, że to jest najmilsza rzecz, jaka mnie spotkała. Kiedy opowiedziałam babci, co zrobił, rozpłynęła się z zachwytu: „To Anioł Stróż", powiedziała, jakby zaśpiewanie jednego kościelnego hymnu mogło uczynić mężczyznę doskonałym. Nie miałam serca powiedzieć jej, że tata prawdopodobnie usłyszał tę pieśń w radiu, a nie w kościele.

Robiłem co mogłem, żeby nie okazywać żadnych emocji. Doszedłem do wniosku że skoro mama jest dobra w mówieniu wzrokiem, równie dobrze czyta z oczu, a ja nie chciałem dać jej zachęty, by dalej mówiła. Niestety, moje wysiłki okazały się nieskuteczne.

– Obserwowałam cię, kiedy słuchałeś tej pieśni. Wiem, że zatęskniłeś za tatą. Ja też za nim tęsknię. Z dnia na dzień coraz bardziej. Ale on tak naprawdę nie odszedł. Jest tutaj teraz i cię obserwuje. Otaczają cię jego ramiona.

Jak zwykle mnie przejrzała. Tęskniłem za tatą. Bardzo za nim tęskniłem. Może byłem za młody, żeby zdawać sobie sprawę z tego co miałem, kiedy żył, a może po prostu za dużo pracował, ale kiedy teraz spojrzałem wstecz, stało się dla mnie oczywiste, co straciłem. I to naprawdę bolało.

– Ale nie do końca rozumiesz, kochanie, o czym naprawdę jest ta pieśń – mówiła dalej mama. – Umyka ci jej najważniejsza część i powód, dla którego tata uwielbiał ją śpiewać. – Zaczęła cicho nucić słowa: – "Kiedy trud życia cię przytłacza, niezawodnie otaczają cię Jego ramiona". – Umilkła na chwilę. – On zawsze cię przygarnie, Eddie. I zawsze będzie przygarniać tatę. Kiedy mieliśmy ciężki dzień w pracy, śpiewałam mu te słowa, i od razu poprawiał się nam nastrój.

W tym momencie moje wysiłki, żeby zachować obojętność, poszły na marne. Z lewego oka wymknęła się łza i stoczyła po policzku. Miałem nadzieję, że mama jej nie zauważy, choć było to mało prawdopodobne.

– Zresztą, gdyby Boga nie było tu z nami, skąd mielibyśmy to piękne nocne niebo? Spójrz na chmury, Eddie. Są nabrzmiałe śniegiem. A kiedy Bóg ściśnie je dzisiaj w nocy, będziemy mieli białe Boże Narodzenie, jakie zawsze lubił twój ojciec. – Uśmiechnęła się do mnie z miłością w piwnych oczach. – Dobranoc. Postaraj się zasnąć i nie wstawaj, póki nie zrobi się całkiem jasno. Świąteczny poranek nie zaczyna się aż tak wcześnie.

Zgasiła światło, wychodząc z pokoju, ale nocna lampka nadal się paliła, przypominając mi, że jeszcze nie jestem całkiem mężczyzną.

Patrzyłem za okno i starałem się nie zasnąć, dopóki nie zobaczę pierwszych płatków śniegu. Słowa, które cicho śpiewała moja matka, rozbrzmiewały mi w głowie. „Kiedy trud życia cię przytłacza, niezawodnie otaczają cię Jego ramiona". Pewnie miała rację, ale ja nadal czułem się osamotniony. Byłem dwunastoletnim chłopcem bez ojca i bez pieniędzy.

Czekając, aż zacznie się burza śnieżna, nie miałem pojęcia, że wkrótce będę potrzebował Jego ramion bardziej, niż sądziłem.

Burza mojego życia dopiero się nade mną zbierała.

Czwarty

Obudził mnie cudowny, intensywny zapach naleśników.

Wyskoczyłem z łóżka i podbiegłem do okna. Zawsze była w tym jakaś magia, kiedy po przebudzeniu się widziałem, że ziemię, wieczorem nagą i suchą, pokrywa biała puchowa pierzynka.

Ale tym razem magiczny dzień miał dopiero nadejść, bo na podwórku leżał ten sam twardy, szary śnieg, który spadł kilka dni wcześniej. Spojrzałem na niebo. Uparte chmury nadal wyglądały na brzemienne śniegiem, ale na razie nie miały ochoty się nim podzielić.

Najgorsza była świadomość, że mama nie będzie podzielać mojego rozczarowania. Zawsze uważała opady za zwykłą uciążliwość. Podobała jej się sama idea śniegu, ale nienawidziła całej reszty, która się z nim wiązała: męczącego odgarniania go łopatą, skrobania przedniej szyby samochodu, nie mówiąc już o samej jeździe. Mówiłem jej, że jest Grinchem, aż dorosłem na tyle, żeby samemu uprzątać śnieg, i w końcu zrozumiałem, co miała na myśli.

Ale jeśli mama była Grinchem, tatę można by nazwać burmistrzem Whoville. Żadnej ilości śniegu nie uważał za wystarczającą. Nieraz do późna w nocy czekaliśmy, aż zacznie się zapowiadana burza śnieżna, piliśmy gorącą czekoladę i słuchaliśmy radia, żeby się dowiedzieć, czy odwołają lekcje w szkole.

W takie świąteczne ranki jak ten, kiedy ludzie od pogody najwyraźniej się pomylili, wpadałem w irytację i pytałem tatę, jak to możliwe, że przy całej dzisiejszej technice meteorolodzy nie potrafią przewidzieć, czy będzie padał śnieg. Było to retoryczne pytanie, ale raz tata udzielił mi odpowiedzi, której nigdy nie zapomnę:

– Eddie, gdybym piekł chleb tak, jak ci idioci przewidują pogodę, nasza piekarnia by zbankrutowała i nigdy nie mielibyśmy w domu nawet kawałka chleba.

ŚWIĄTECZNY SWETER

Starałem się nie roześmiać, bo minęła dłuższa chwila, zanim tata się zorientował, co właśnie powiedział. Gdy zobaczył uśmiech na mojej twarzy, dodał:

– Gdyby tak było, nie mielibyśmy w domu chleba, a ty ładnych zimowych butów. – Wtedy po raz pierwszy śmialiśmy się z moich piekarskich ochraniaczy.

Przy rzadkich okazjach, kiedy zapowiedzi synoptyków się sprawdzały, tata budził mnie wcześnie rano, zaraz po powrocie z piekarni, gdzie piekł pączki.

– Eddie, wyjrzyj przez okno! – wołał.

Ja wyskakiwałem z łóżka i opierałem się o parapet. Tata kładł mi rękę na głowie i staliśmy tak razem w milczeniu i patrzyliśmy, jak pada śnieg.

Jednej burzy nigdy nie zapomnę. Zaczęła się wczesnym popołudniem, a wieczorem padało już tak mocno, że następnego dnia odwołano lekcje. Mama Grinch nie mogła w to uwierzyć. „Jak mogą tak wcześnie zamykać szkołę? Wkrótce przestanie padać i wyjdą na głupców!". Tata i ja staraliśmy się nie zwracać uwagi na jej słowa. Nie chcieliśmy, żeby zepsuła nam zabawę.

Po zmroku postanowiliśmy urządzić zupełnie niepotrzebną wyprawę do narożnego sklepu „B and H", znajdującego się trzy przecznice od naszego domu.

Wyszliśmy bocznymi drzwiami od garażu, w którym stał wielki maroon impala z 1972 roku, wykończony w środku imitacją drewna. Tata kupił go „prawie nowego" w 1974 roku i był bardzo dumny, kiedy przyprowadził samochód do domu.

Nasz impala był idealny dla chłopaka, bo nowoczesny i pełen technicznych nowinek. Zaokrąglona i elektrycznie podnoszona pokrywa bagażnika nie wyglądała jak w rodzinnych kombi. Wystarczyło wcisnąć guzik i okno magicznie znikało w dachu. Auto miało nawet trzeci rząd siedzeń skierowanych do tyłu. Patrząc wstecz, stwierdzam, że paliwożerny chevrolet nie był najlepszym wyborem w dobie kryzysu paliwowego, ale może właśnie dlatego mogliśmy sobie na niego pozwolić.

– Nie bierzemy samochodu – powiedział tata, kiedy zobaczył, że podchodzę do drzwiczek. Schylił się i podniósł drzwi garażu. – Pójdziemy pieszo.

Kiedy drzwi się otworzyły ze skrzypieniem, mieliśmy wrażenie, że wyszliśmy na świat jak ze snu. Śnieg nadal padał, ale był taki lekki, że wyglądał jak puch. W rześkim i świeżym powietrzu unosił się słaby zapach dymu z kominków ogrzewających domy naszych sąsiadów.

ŚWIĄTECZNY SWETER

Lampy uliczne oświetlały spokojnym blaskiem tę bajkową scenerię. W ich kręgu śnieg jakby padał mocniej, ale ja wiedziałem, że to tylko złudzenie.

Tata wziął mnie za rękę i razem poszliśmy naszym krótkim podjazdem w stronę ulicy. Zamiast trzymać się miejsca, gdzie powinien się znajdować chodnik, pociągnął mnie na jezdnię. Nie powiedziałem ani słowa. W całej okolicy nie było widać ani jednego samochodu.

Ruszyliśmy ręka w rękę środkiem drogi. Za każdym razem, kiedy przechodziliśmy pod światłem latarni, patrzyłem w górę i widziałem cienką białą warstewkę na grubej wełnianej kurtce taty, oświetloną żółtawym blaskiem. Patrzyliśmy na siebie i uśmiechaliśmy się. Nie było w pobliżu Grincha, żeby nam zepsuć zabawę.

Wszystko wydawało się takie idealne. Właściwie aż za idealne... zwłaszcza gdybym wiedział, że nie potrwa długo.

Czułem się tak przybity brakiem śniegu w ten świąteczny poranek, że nawet nie zauważyłem, jak zimna jest podłoga. Włożyłem kapcie, zeszłoroczny prezent od Świętego Mikołaja, i ruszyłem w dół po schodach. Po raz pierwszy nie musiałem wyciągać mamy z łóżka w Boże Narodzenie.

Z podniecenia rozbudziłem się zupełnie, serce zaczęło mi galopować. Opadły mnie wizje nowego roweru. Ponieważ dotrzymałem złożonej Bogu obietnicy, że na niego zasłużę, wiedziałem, że w tym roku wreszcie go dostanę. Tak długo cierpliwie czekałem, patrząc, jak wszyscy koledzy dostają rowery, o które prosili. Teraz przyszła moja kolej. Jego ramiona rzeczywiście mnie otaczały, a po tym wszystkim co przeszedłem, wkrótce miały dostarczyć jedyny prezent, który mógł uczynić mnie znowu szczęśliwym.

Salon wypełniała bożonarodzeniowa muzyka. Duża konsola stereo „Magnavox" mogła pomieścić osiem albumów. Kiedy jeden się kończył, ramię się podnosiło i na talerz obrotowy opadała nowa płyta. Tamtego ranka wszystkie pochodziły ze świątecznej serii Firestone. Zdaje się, że dostałem je tego samego roku, kiedy kupiliśmy auto.

Po wejściu do salonu usłyszałem Julie Andrews i moją mamę śpiewające razem: „Wiedzą, że Mikołaj jest w drodze, z saniami pełnymi zabawek".

— Wesołych świąt, Eddie!

Mama tanecznym krokiem wyszła z kuchni. Wytarła ręce w fartuch i wyciągnęła je, zapraszając mnie do świątecznego powitania.

— Wesołych świąt, mamo.

Objąłem ją szybko i nie w pełni, bo nie chciałem pobrudzić piżamy mąką na naleśniki, a wiedziałem, że jeśli pozwolę, by uściskała mnie jak należy, nie wywinę się przez pięć minut.

Wyrwałem się z matczynych objęć najszybciej jak mogłem, i ruszyłem do choinki stojącej w kącie. Jaśniał na niej pojedynczy sznur lampek, za dużych jak na takie małe drzewko. Ozdoby ze szkła, drewna i papieru były połączone łańcuchami z popcornu i soplami z folii aluminiowej. Niewiele z tych dekoracji pochodziło ze sklepu. Część powstała na zajęciach w szkole, ale większość przez lata zrobiła mama.

Przesunąłem wprawnym spojrzeniem po rozłożonej pod choinką zielonej płachcie, na której mama wyszyła scenę narodzin. Zobaczyłem tylko parę prezentów, których nie było tutaj w Wigilię, i jeden, którego nie znalazłem w trakcie Operacji. Żaden nawet w przybliżeniu nie miał wielkości roweru, ale jeszcze nie straciłem nadziei. Jako nieodrodna córka dziadka, mama potrafiła zabawić się ze mną w kotka i myszkę. Kilka lat wcześniej odczekała, aż wszystkie moje prezenty zostaną otwarte, a potem pokazała mi przez kuchenne okno ostatni: nowe sanki z wielką kokardą na wierzchu.

Mając nadal świeżo w pamięci tamtą gwiazdkę, zacząłem się zastanawiać, gdzie mama ukryła rower. Było dużo możliwości, ale uznałem, że pewnie schowała go w garażu, a pod choinkę położyła samo zdjęcie huffy'ego. W ten sposób zmusiła mnie do domysłów, jednocześnie nie marnując papieru do pakowania, czym zawsze się przejmowała.

Sięgnąłem po pierwszy pakunek, żeby zobaczyć, co jest za nim.

– To dla mnie? – zaśpiewała mama.

Była dla mnie za szybka.

– Tak. Wesołych świąt.

Odwróciłem się z wahaniem od drzewka i wręczyłem jej prezent, za który sam zapłaciłem, przez całe lato zbierając jagody na farmie dziadka.

Mama ostrożnie otworzyła niezdarnie zapakowaną paczuszkę.

— Rękawiczki! — wykrzyknęła ze zbyt dużym entuzjazmem, żebym dał się na niego nabrać. Potem dodała cicho, w zamyśleniu: — Potrzebowałam nowych rękawiczek. Są piękne, skarbie. Dziękuję.

Nie słuchałem jej, bo byłem zajęty szukaniem drugiego prezentu. Znalazłem go i podałem mamie.

— O rany, drugi? — zdziwiła się, biorąc do ręki małe prostokątne pudełko. W środku była napisana odręcznie kartka i tabliczka czekolady. — „Wesołych świąt, matko" — przeczytała na głos. — Jesteś równie słodki jak ta czekolada, Eddie. — Roześmiała się. — Sam ją kupiłeś?

— Tak — odparłem z dumą. — Pomyślałem, że mogłabyś ją zjeść albo zrobić ciasteczka.

— Tak, kochanie, ale to nie... — Uśmiechnęła się, jakby to był najlepszy gwiazdkowy prezent w jej życiu. — Jesteś najsłodszym chłopcem... to znaczy, młodym mężczyzną na świecie. — Otworzyła opakowanie i zjadła kawałek czekolady, mrużąc oczy z rozkoszy. — Najlepsza, jaką kiedykolwiek jadłam.

Podeszła do mnie i wzięła w ramiona. Wydawało mi się, że uścisk trwa wieczność.

— Teraz moja kolej? — zapytałem niecierpliwie.

— Twoja kolej, skarbie.

Najpierw otworzyłem prezenty, które... już otwierałem. Starałem się jak najlepiej odegrać zaskoczenie, kiedy wyjmowałem je kolejno i pokazywałem mamie: domowej roboty mitenki od kuzynki. Piłka baseballowa od wujka, którego nie widziałem od lat, torba cukierków, zapewne pochodzących z tej samej partii, której nie zjadłem w poprzednie święta. Ciekawe, czy mama wkładała je co roku do tej samej torby, odkąd skończyłem cztery lata.

Wreszcie został tylko jeden prezent. Było to dość duże pudełko, ale bardzo lekkie. Proszę, Boże, pomyślałem, niech to będzie zdjęcie, liścik albo kartka. O dziwo, naprawdę miałem nadzieję, że nie dostanę pistoletu albo walkie-talkie. Tylko huffy mógł mnie uczynić szczęśliwym.

Mama ozdobiła pudełko dużą kokardą i wstążką, bardzo podobną do tej, którą zdjąłem ze swojego prezentu urodzinowego. Rozerwałem papier w renifery i płatki śniegu, aż zostałem z prostym brązowym pudełkiem w ręce. Serce mi galopowało, kiedy wolno unosiłem wieczko i odgarniałem pomiętą białą bibułkę.

ŚWIĄTECZNY SWETER

Zobaczyłem sweter.

– Podoba ci się? – spytała mama, kiedy gapiłem się na prezent, niezdolny wymówić słowa.

Poprawiła się na kanapie i skrzyżowała ramiona, czekając na moją reakcję.

Rozwinąłem sweter, czepiając się resztek nadziei, że gdzieś w środku jest ukryta wskazówka, która zaprowadzi mnie do roweru. Potrząsnąłem nim mocno, ale nic z niego nie wypadło. I wtedy zrozumiałem, że w tym roku nie będzie huffy'ego, tylko ta głupia, zrobiona na drutach szmata.

– Podoba ci się? – Mama najwyraźniej uznała, że moje milczenie jest wyrazem nieopisanej radości. – Naprawdę?

Głupie swetrzysko, które nie było rowerem.

– Jasne, mamo, jest wspaniały.

Miałem ochotę i prawo się rozpłakać, ale był to ten rodzaj żalu, który obywa się bez łez. Gdybym tak bardzo się nie starał się przez cały rok, gdybym nie myślał o nowym rowerze w każdej sekundzie, gdybym nie obiecał Bogu, że na niego zasłużę, może nie zauważyłbym, że kolor wełny pasuje do kropek na torebkach na buty. Ale robiłem te wszystkie rzeczy i dlatego zauważyłem.

– Naprawdę mi przykro, że nie dostałeś roweru, skarbie. – Głos mamy był zbyt łagodny jak na mój nastrój. – Chodzi o to, że naprawa dachu kosztowała więcej niż się spodziewałam. Wiem, że zrozumiesz. Może oszczędzę dość pieniędzy, żeby ci go kupić w przyszłym roku.

Rozumiałem, owszem. Rozumiałem, że zawsze będziemy biedną rodziną, a ja zawsze będę biednym chłopcem z plastikowymi butami i bez roweru.

Patrzyłem na sweter i czułem, że robi mi się gorąco, jakbym go już włożył. Nie wiedziałem, kto zawiódł mnie bardziej: mama, nie kupując mi rzeczy, na którą zasłużyłem, tata, nie czuwając nade mną z góry tak jak powinien, czy Bóg, lekceważąc moją prośbę. Byłem tak rozczarowany, że zapomniałem przyłożyć sweter do siebie, jakbym go przymierzał.

– Mam nadzieję, że będzie dobry – powiedziała mama.

Nie podchwyciłem aluzji.

– Na pewno – odparłem bez entuzjazmu.

Mama w końcu podeszła, wzięła ode mnie sweter i przyłożyła mi go do pleców.

— W tempie, w jakim rośniesz, będzie jak znalazł następnej jesieni! — Była bardzo podekscytowana.

— Dziękuję, mamo, jest świetny — wymamrotałem.

— Taki sam jak te drogie, które sprzedają u Searsa — rzekła z dumą, widząc rozczarowanie, które mimo woli odmalowało się na mojej twarzy. — Żądają prawie czterdziestu dolarów za prawdziwy, ręcznie robiony sweter. Oczywiście nie mogłam sobie na to pozwolić, ale udało mi się kupić dobrą włóczkę. — Umilkła i spojrzała na mnie, jakby była zakłopotana, że tłumaczy się z prezentu.

— Jest super. Naprawdę. Potrzebowałem swetra. — Nie potrafiłem ukryć zawodu ani dostrzec, ile ten podarunek znaczy dla mamy.

Pomyślałem o liściku, który zostawiła dla mnie pod łóżkiem. Miała rację. „Przegapiłem" prezent. Mama robiła go codziennie na moich oczach, zmuszając do oglądania „Małego domku na prerii". (Uważała, że Pa Ingalls jest uroczy, a ja musiałem cierpieć z tego powodu). Ale teraz wszystko nabrało sensu: głupi podarunek zrobiony własnoręcznie podczas gapienia się na głupi film. Założyłbym się, że moi koledzy, którzy oglądali wybrane przez siebie programy, na przykład „Starsky i Hutch", dostawali również prezenty, o jakie prosili.

Moje rozczarowanie z powodu braku śniegu teraz wydawało się śmieszne w porównaniu z tym, jakie czułem z powodu prezentu. Jesteś idiotą, pomyślałem. Powinieneś był wiedzieć. Powinieneś był się tego spodziewać.

Mama patrzyła na mnie oczami, z których, po raz pierwszy, trudno było coś wyczytać. Czuła ulgę, że jestem uszczęśliwiony prezentem, czy przejrzała moją grę? Szczerze mówiąc, w tamtym momencie nic mnie to nie obchodziło, ale wiedziałem, że nie będę mógł wiecznie udawać. Musiałem uciec.

– Pójdę go zanieść do mojego pokoju. Zaraz wrócę.

Gdy poczułem znajome pieczenie w oczach, popędziłem na górę, zanim mama zdążyła zobaczyć moje łzy.

Piąty

Okno mojej sypialni wychodziło na ulicę biegnącą przed domem. Zanim raptownie urosłem, mogłem stanąć przy parapecie, położyć na nim łokcie, a brodę oprzeć na dłoniach.

Tamtego świątecznego ranka byłem trochę za wysoki, żeby to zrobić, więc oparłem ręce o parapet, odsunąłem się o kilka cali i pochyliłem, aż dotknąłem czołem chłodnej szyby. Zimno aż paliło skórę, ale uważałem, że zasłużyłem na ból.

W końcu zaczął padać śnieg. Piękne, duże płatki. Cienka biała warstwa pokrywająca ulicę oznaczała, że pada już od jakiegoś czasu, ale byłem zbyt zajęty użalaniem się nad sobą, żeby to zauważyć.

Właśnie miałem się odwrócić od okna, kiedy po drugiej stronie ulicy dostrzegłem małą dziewczynkę jadącą podjazdem na nowym rowerze. Obok niej biegł ojciec, jakby nie ufał dodatkowym kółkom, zwłaszcza na śliskim asfalcie. Oprócz czoła znowu zaczęły mnie piec oczy.

Podszedłem do łóżka i opadłem na nie ciężko. Luke Skywalker drażnił mnie wspomnieniem wspaniałego gwiazdkowego prezentu z przeszłości. W głowie miałem obraz dziewczynki na rowerze. Widziałem obracające się koła, kiedy jechała przed siebie jak najbardziej wolna osoba na świecie. Mogła oddalić się od domu na dwie, trzy albo cztery godziny. Całkowicie wolna.

Skupiłem wzrok na suficie. Dach przeciekał przy każdym deszczu, tynk nasiąkał wodą, zostawały na nim wielkie plamy. Nic w moim życiu nie było doskonałe. Inne dzieci miały nowe rowery, dwoje rodziców i sufity bez zacieków. Uważałem, że to niesprawiedliwe.

– Eddie! – zawołała mama z korytarza i otworzyła drzwi mojej sypialni. – Wyglądałeś na dwór? To prezent od taty dla ciebie. Gwiazdkowy cud! Nie padało tak, odkąd...

Nie potrafiłem na nią spojrzeć. Bez słowa gapiłem się w sufit. Wiedziałem, że twarz mnie zdradzi, ale kiedy cisza się przedłużała, usiadłem na łóżku, żeby zobaczyć, o co chodzi. Mama patrzyła na podłogę przy komodzie.

– To twój sweter? – zapytała cicho.

Cisnąłem go tam, nawet o tym nie myśląc. Był zwinięty w kłębek, jak rzecz, której miejsce jest w śmietniku.

– Przepraszam – bąknąłem ze skruchą, wstając z łóżka. – Powinienem był go odłożyć.

– Zdaje się, że już to zrobiłeś – stwierdziła mama. Ból w jej głosie i wyraz rozczarowania na twarzy nie powinny mnie zaskoczyć, ale zaskoczyły. Po dłuższej chwili milczenia przeniosła wzrok ze swetra na mnie. – Nie traktuj swoich ubrań w ten sposób, proszę.

Wiedziałem, że mamy niewiele pieniędzy, ale aż do tego momentu nie zdawałem sobie sprawy, jak bardzo to ciąży mojej matce. Oczami wyobraźni zobaczyłem, jak, pracując u Searsa, codziennie przechodzi obok nowych rowerów, ale nie może sobie pozwolić na ten, o którym marzyłem. Jak patrzy na swetry, których nie chciałem, i też nie może sobie na nie pozwolić, jak wybiera wełnę i co noc robi na drutach, starając się przekonać siebie, że pokocham nowy sweter tak, jak pokochałbym nowy rower. Ale w głębi serca wie, że tak się nie stanie.

Obserwowałem ją w milczeniu, gdy delikatnie podnosiła sweter niczym rannego kotka. Złożyła go starannie i umieściła na komodzie. Przez chwilę go dotykała, jakby chciała wygładzić nieistniejące zagniecenia.

Naprawdę nie wiedziałem, do jakiego stopnia matka wierzy w magię świąt, dopóki nie zobaczyłem, jak ta magia umarła dla niej w chwili, kiedy zobaczyła zwinięty kłębek wełny leżący na podłodze.

Ostrożnie, bez słowa zamknęła drzwi sypialni. Znowu zapiekły mnie oczy. Podszedłem do okna w nadziei, że pocieszy mnie widok śniegu. Przycisnąłem głowę do zimnej szyby. Dziewczyna z naprzeciwka zniknęła, podobnie jak biały puch. Ostatni płatek tańczył powoli w stronę ziemi. Wyglądał równie smutno i samotnie, jak ja się czułem.

Potem zaczął padać deszcz.

Kiedy ojciec pierwszy raz zachorował, mama wraz z kilkoma przyjaciółmi rodziny próbowała dalej prowadzić piekarnię. Choć bardzo się starali, szybko zrozumieli, jakim tata był dobrym piekarzem. Zdawało się, że przepis to prosta lista składników i instrukcji, ale w jego wypiekach najwyraźniej chodziło o coś więcej, niż dało się wyczytać ze starych, zatłuszczonych stronic.

Kiedy tata umarł, mama szybko sprzedała interes. Pewnie i tak to było nieuniknione; nasza dzielnica od lat umierała, podobnie jak mój ojciec. Nie wiem ile pieniędzy dostaliśmy za piekarnię, ale raczej niedużo, bo nadal nie mogłem zamawiać mleka, kiedy wychodziliśmy coś zjeść. Myślę, że kiedy matka zrealizowała czek, zapłaciła rachunki za leczenie taty.

Nigdy nie przypuszczałem, że będzie mi brakowało piekarni, ale właśnie tak się stało. Bardzo za nią tęskniłem. Nie za szorowaniem garnków czy zamiataniem podłogi, ale za wspólnie spędzanym czasem. Choć wszyscy pracowaliśmy, byliśmy razem. Jakoś tego nie doceniałem, dopóki nie straciłem.

Przez długi czas po sprzedaży mama unikała przejeżdżania obok piekarni, ale ktoś mi powiedział, że przerobiono ją na sklep z butami. Wolałem tego nie sprawdzać, bo trudno mi było sobie wyobrazić, że ktoś mierzy szpilki w tym samym miejscu, w którym mój ojciec rozbijał jajka albo zagniatał ciasto.

Mniej więcej w tym samym czasie mama sprzedała również nasz dom i samochód. Najwyraźniej chciała całkiem zerwać z przeszłością. Impala została wymieniona na pinto, dom na dużo mniejszy, prawie wielkości naszego garażu.

Nie podobały mi się te zmiany, ale przynajmniej zagłówki pinto nie pachniały wodą kolońską „Old Spice", a nowy dom niemieckim ciastem czekoladowym.

Myślenie o przeszłości tylko potęgowało mój żal. Gdyby tata żył i nadal prowadził piekarnię, miałby dość pieniędzy, żeby kupić mi rower. To było niesprawiedliwe. Za co zostałem ukarany?

Po jakiejś godzinie obserwowania deszczu zszedłem na dół. Mama była w kuchni.

– Zostało coś na obiad? – spytałem z nadzieją, że oboje puścimy w niepamięć incydent ze swetrem.

– Nie mamy już czasu na jedzenie. Wyruszymy do dziadków trochę wcześniej. Włóż sweter. Babcia pomogła mi wybrać wełnę i wzór i bardzo chce cię w nim zobaczyć. – Mama mówiła bez cienia radości w głosie. Najwyraźniej też postanowiła udawać, że nic się nie stało.

Nic dziwnego, że w tych okolicznościach nie miałem ochoty jechać na farmę, a zwłaszcza ubierać się w gryzący, niewygodny, za ciepły sweter, który nie był rowerem.

Wróciłem na górę, włożyłem sweter i spojrzałem w oczy swojemu odbiciu w dużym lustrze wiszącym na drzwiach. Co ja robiłem? Patrzyłem na prezent, nad którym mama tak bardzo się napracowała i z którego była bardzo dumna. Chciałem go polubić, ale nie mogłem.

Wyszedłem z sypialni, trzasnąłem drzwiami i niezbyt cicho zbiegłem po schodach. Pamiętając lekcje dziadka, starałem się narobić jak najwięcej hałasu, żeby wyraźnie dać do zrozumienia co czuję, ale nie napytać sobie biedy.

Metoda okazała się nieskuteczna.

Mama wręczyła mi dwie torebki na buty i spiorunowała mnie wzrokiem, którego wolałem nie odczytywać. Nie przyszło mi do głowy, że zna sztuczki dziadka dużo lepiej niż ja.

Szósty

– Powiem to tylko raz, Edwardzie Lee. Kiedy dotrzemy na farmę, będziesz chłopcem, który cieszy się ze świąt. Czy to jasne?

Gdy mama zwracała się do mnie pełnym imieniem, zawsze był to zły znak, a teraz użyła również drugiego, co nie zdarzało się nigdy. Uznałem więc, że to czerwony alarm.

– Jasne – odpowiedziałem krótko, wyglądając przez okno pinto.

Nigdy nie mogłem rozgryźć, dlaczego mama wybiera się w podróż do dziadków, żeby spędzić z nimi tyle samo czasu co w drodze. Jazda trwała półtorej godziny w jedną stronę, a rzadko zostawaliśmy dłużej niż dwie godziny, chyba że mieliśmy tam nocować.

Nie licząc ulewnego deszczu bębniącego o dach i wody pryskającej spod kół, jazda upłynęła głównie w ciszy. Mama wpatrywała się w szosę. Nawet nie spojrzała na mnie w lusterku wstecznym.

W radiu leciała świąteczna piosenka wykonywana przez Carpenterów, ale wydawała się zupełnie nie na miejscu, jakby był lipiec. Mama odkręciła okno od strony pasażera, wpuszczając do środka chłodne, wilgotne powietrze. Grzejnik forda miał tylko dwa ustawienia: włączone i wyłączone. Nie wiedziałem, czy mama zrobiła się senna, czy po prostu zlitowała się nad synem, który siedział w grubym wełnianym swetrze.

W miarę jak jechaliśmy, domy pojawiały się coraz rzadziej, aż w końcu zobaczyłem ciąg małych farm po obu stronach ulicy dziadków. Jedna z nich wyglądała na opuszczoną. W drewnianym ogrodzeniu ziały wielkie dziury, frontowy trawnik był zarośnięty, stary budynek mieszkalny popadał w ruinę. W pewnym momencie zdawało mi się, że widzę błysk światła w jednym z wybitych okien.

Nie. To musiał być jakiś refleks. Kto mieszkałby w takim miejscu?

Niecałą minutę później zobaczyłem babcine hortensje i stary pług, który dziadek postawił na końcu podjazdu, żeby wyróżnić swoje małe gospodarstwo; hodował w nim kurczaki i maliny. Gdy mama skręciła w stronę domu, opony zachrzęściły na mokrym żwirze.

Silnik pinto zawsze pracował jeszcze kilka sekund po wyłączeniu. Zwykle urządzałem sobie taką zabawę, że wyskakiwałem z samochodu, zanim warkot ucichł, ale tym razem poczekałem, aż mama wysiądzie, i dopiero wtedy niechętnie poszedłem w jej ślady.

– Wesołych świąt, Mary!

– Wesołych świąt, mamo. – Jej głos trochę złagodniał od chwili, kiedy ostatni raz się do mnie odezwała.

– Wesołych świąt, panie Eddie – rzucił dziadek.

Zawsze się śmiał, gdy tak mnie nazywał. Nie rozumiałem dlaczego, aż kiedyś mama posadziła mnie przed telewizorem, w którym puszczano powtórkę starego serialu o mówiącym koniu. Ale czy Wilbur nazywał pana Eda „panem Eddiem"? Nie sądzę.

– Cześć, dziadku – wymamrotałem, próbując zachować kwaśną minę, ale przy nim zawsze to było... trudne.

— Tylko spójrzcie na ten piękny sweter! — wykrzyknęła babcia, biorąc mnie za ramiona. Na szczęście nie należała do osób, które szczypią w policzki. — Świetna robota. — Posłała mamie spojrzenie pełne aprobaty. — Podoba ci się, Eddie?

Zerknąłem na mamę. Patrzyła na mnie bez wyrazu. Czekała, co powiem. Po szybkim rozważeniu wszystkich możliwych odpowiedzi wybrałem taką:

— Jest ładny. Może trochę drapie... albo raczej swędzi czy coś w tym rodzaju. Ale jest ładny. Podoba mi się.

Lodowate spojrzenie mamy sprawiło, że krótka droga do frontowych drzwi ciągnęła się całą milę. Jej spojrzenie znowu udzieliło mi lekcji.

Dziadek był dużym mężczyzną o śnieżnych włosach, raczej białych niż siwych jak u staruszków. Przez całe lata myślałem, że jest Świętym Mikołajem. Babcia miała tyle samo lat co on, ale tylko kilka nitek siwizny w pięknych kasztanowych włosach.

— Cud współczesnej nauki — lubił mawiać dziadek.

Mama i babcia od razu poszły do kuchni. Ja się rozsiadłem na starej, wygodnej kanapie przed kominkiem, a dziadek naprzeciwko mnie w fotelu. Nie wiedział, że mama i ja nazywamy go „fotelem od opowieści", bo nie mógł w nim usiedzieć, nie snując jakiejś długiej historii ze swojej przeszłości. Niestety, tak dobrze mieszał fakty z fikcją, że prawie nikt, łącznie z nim samym, w końcu nie potrafił stwierdzić, co jest prawdą. Gdy się go poprosiło, żeby powtórzył opowieść, było jeszcze gorzej.

– Dziadku, naprawdę pomagałeś budować łazik księżycowy? – zapytałem kiedyś, mając nadzieję, że powtórzy historię, którą pamiętałem z wcześniejszych lat.

– A czy kiedykolwiek cię okłamałem? – Swoim zwyczajem odpowiedział pytaniem na pytanie.

Był to doskonały system, bo teraz już nawet babcia nie znała prawdy. Kiedy prosiłem ją, żeby potwierdziła którąś z opowieści dziadka, mówiła tylko: „Możliwe". Nie próbowała mnie zbyć, tylko po prostu sama nie wiedziała. To była najlepsza i jedyna odpowiedź, jakiej mogła udzielić.

Czasami dziadek zaczynał snuć jakąś opowieść i po paru zdaniach babcia okazywała dezaprobatę, strofując go głośno: „Edwardzie!". Jej mąż ściszał wtedy głos i mówił, żebym przysunął się bliżej fotela. Procedura powtarzała się kilka razy, aż w końcu siedziałem u stóp dziadka i patrzyłem na niego z zachwytem, kiedy szeptem wciskał mi kłamstwo za kłamstwem.

– Dziadku, naprawdę sam zbudowałeś ten dom?

– Tak, bez młotka i tylko dwiema...

– Edwarrrrd! – dobiegł z kuchni okrzyk.

Nie wiedziałem jakim cudem babcia słyszy z takiej odległości. Mama zawsze mówiła, że ma oczy z tyłu głowy, więc uznałem, że babcia ma uszy we wszystkich pokojach.

Kiedy w to świąteczne deszczowe popołudnie dziadek usiadł naprzeciwko mnie w fotelu i pogładził się po brodzie, oczekiwałem, że rozpocznie kolejną opowieść. Nie przeszkadzałoby mi, gdyby ją zmyślił w całości.

Po prostu nie chciałem myśleć o swetrach, rowerach, i o tacie.

Niestety, dziadek miał inny pomysł.

– No więc, Eddie, jesteś gotów spróbować wygrać ze mną w chińskie szachy?

Chińskie szachy? O co chodziło, do licha? Doszedłem do wniosku, że dziadek zabrał ostatni cent kolegom, z którymi grał w karty, albo chciał sprawdzić swój system w innej grze. Zaryzykowałem.

– A dlaczego nie w karty?

– W karty? – Dziadek uciekł wzrokiem, co wyraźnie świadczyło, że coś knuje. – Nie mogłem znaleźć talii.

Poza tym, chińskie szachy to lepsza zabawa. Nie trzeba robić żadnych obliczeń.

Obliczeń? Najwyraźniej system dziadka był jeszcze bardziej skomplikowany niż sądziłem. Niestety, w tym momencie żadna gra nie wydawała mi się zabawna.

– Nie, dzięki, dziadku.

– Czy coś się stało, Eddie?

– Nie, tylko nie czuję, że są święta. Może to przez ten deszcz.

– Hm, nie czujesz świąt? – powiedział z ciepłym uśmiechem. – W takim razie lepiej pozbędę się tego drzewka.

Myślałem o tym, żeby mu opowiedzieć, co się stało dzisiaj rano. Że dostałem sweter zamiast roweru, na który zasłużyłem. Jeśli ktoś był w stanie zrozumieć moje rozczarowanie, to właśnie on. Wymyśliłem, że gdyby wszystko poszło dobrze, może przeprosiłbym mamę za swoje zachowanie. Dziewięćdziesiąt minut milczenia podczas jazdy samochodem tak wydłużyło podróż, że taki sam powrót do domu wydawał mi się nie do zniesienia.

Już otwierałem usta, żeby zwierzyć się dziadkowi, ale w tym momencie moją uwagę przyciągnęła choinka. To było do mnie niepodobne, że jeszcze jej nie zauważyłem i nie zbadałem dokładnie, co pod nią leży. Zauważyłem tylko kilka prezentów.

Dziadek pochwycił mój wzrok.

– Wiesz, że babcia ich tam nie kładzie.

Pogrążony w myślach, nie usłyszałem, co powiedział dziadek. Spojrzałem na niego z roztargnieniem.

– Co?

– Babcia myśli, że ty i ja zaglądamy do prezentów, więc już nie kładzie ich pod drzewkiem, tylko ukrywa.

– Dlaczego miałaby tak myśleć? – Na mojej twarzy pojawił się mimowolny uśmieszek. Nie byłem tak doświadczonym kłamcą jak dziadek.

– Nie mam pojęcia. – Twarz dziadka nic nie zdradzała. – Ale wiem jedno: gdyby piraci ukrywali swoje skarby tak, jak babcia chowa prezenty, wszyscy by zbankrutowali. Ja dostanę skarpety i nowy pas na narzędzia.

Nie wiem dlaczego byłem zaskoczony, ale byłem.

– A ja? Co ja dostanę?

– Nie wiem, Eddie. Chyba jakąś piżamę, ale babcia nawet jej nie zapakowała. Myślę, że włoży ją do twojej komody. – Dziadek odwrócił wzrok. – Ale nie znalazłem nic więcej. Może pomógłbyś mi nanosić drew?

– Dobrze. – Trudno było odmówić dziadkowi, zwłaszcza dwa razy z rzędu.

Ruszyliśmy przez resztki mokrego śniegu do długiej sterty drewna. Przyłapałem się na tym, że bawią mnie próby ukrycia moich śladów w śladach dziadka. Nie było to trudne. Jego stopy wyglądały na trzy razy większe od moich.

– Dziadku, co to znaczy, że nie mogłeś znaleźć prezentów dla mnie? – zapytałem szeptem.

Zignorował to pytanie i zaczął podawać mi szczapy. Zadbał o to, żeby dołożyć jedną więcej, niż mogłem wygodnie nieść. Wsadził jedno polano pod pachę, schował ręce do kieszeni płaszcza i ruszył z powrotem do domu.

– Jesteście – powiedziała babcia, kiedy otworzyła nam drzwi. – Już zaczynałyśmy myśleć, że się zgubiliście.

Wiedziała lepiej niż ktokolwiek, że dziadek nigdy się nie zgubił. Oczywiście nie zawsze był tam, gdzie wszyscy myśleli, że powinien być, ale nigdy nie miał wątpliwości, gdzie jest i, co ważniejsze, dlaczego.

Dziadek mrugnął do mnie.

– Co masz na myśli, kochanie? Eddie i ja po prostu poszliśmy po drewno.

– Sądziłam, że może poszliście do miasteczka, nic nam nie mówiąc – odparła z uśmiechem babcia.

Gdy tylko przyjeżdżałem z wizytą, dziadek szukał pretekstu, żeby zabrać mnie do miasta. Lawirując w szarej strefie między literą a duchem prawa swojej żony, potrafił najzwyklejszą sprawę do załatwienia zmienić w przygodę. Kilka lat wcześniej babcia poprosiła go, żeby kupił worki do odkurzacza. Dziadek zabrał mnie ze sobą, ale zamiast pojechać do sklepu żelaznego, który znajdował się jakieś dziesięć minut drogi od domu, zawiózł nas do zupełnie innego, na drugim końcu miasteczka. Szybko zrozumiałem, dlaczego. Tak się złożyło, że na zapleczu stała lada z lodami.

Wróciliśmy po trzech godzinach. Babcia nawet nie musiała pytać, co się stało. Zdradziły nas białe wąsy. Ale zanim zdążyła powiedzieć choć słowo, dziadek wręczył jej worki do odkurzacza i uściskał ją mocno. Trudno było się na niego złościć.

Przemknął mi uśmiech po twarzy, kiedy pomyślałem o tamtej wyprawie.

Mama, która stała za babcią w jednym z jej kraciastych fartuchów, zobaczyła, że się uśmiecham, i odpowiedziała tym samym.

Ale ja, dumny dwunastolatek, wzniosłem następny mur i zachowałem się, jakbym jeszcze nie był gotowy się poddać.

Ominąłem ją wzrokiem.

Jeśli dziadkowi można przyznać tytuł króla opowieści, jego dworem był stół jadalny. Ale ponieważ babcia kazała nam czekać z otwarciem prezentów, aż zjemy obiad, w święta dziadek starał się jak najbardziej skracać swoje historie. Tak samo jak ja chciał się dorwać do prezentów.

W tym roku śpieszył się wyjątkowo. Mama i ja wiedzieliśmy, że coś knuje, ale nie potrafiliśmy się domyślić, co. Wreszcie babcia miała już dość jego wiercenia się, więc po półgodzinie od rozpoczęcia obiadu szepnęła:

– Jutro, Edwardzie.

Na twarzy dziadka odmalowało się rozczarowanie.

Po kawie wszyscy przeszliśmy do salonu. Dziadek usiadł w swoim fotelu, mama i babcia na kanapie, ja ruszyłem do choinki. Miałem na głowie czapkę Świętego

Mikołaja, bo jak zwykle zostałem wyznaczony do rozdzielania prezentów. Wziąłem się do pracy.

– To dla ciebie, dziadku – powiedziałem, wręczając mu podejrzanie lekki pakunek. Pewnie skarpety, pomyślałem.

Dziadek mrugnął do mnie, kiedy postawiłem pudełko u jego stóp.

Za każdym razem, kiedy wracałem pod drzewko po kolejny prezent, miałem w głębi duszy nadzieję, że zobaczę swoje imię na naklejce, ale stało się tak tylko dwa razy. Nawet mama dostała trzy prezenty.

Gdy powoli zacząłem odwijać pierwszy, zauważyłem, że pod jednym z końców taśmy klejącej jest niewielki bąbel powietrza. Dziadek. Spojrzałem na niego wzrokiem mówiącym: „wiem, co zrobiłeś", ale mnie zignorował i skupił się na swoim prezencie.

Zważywszy na rozmiar moich dwóch paczek, wiedziałem, że żadna nie może zawierać roweru, ale nie traciłem nadziei. Podobnie jak rano, kiedy rozpakowywałem sweter. A jeśli dziadek włożył do pakunku zdjęcie roweru? Nie uważam, że cokolwiek przekracza jego wyobraźnię, ale tym razem musiałem uznać, że mam przesadne oczekiwania.

– Skarpety! – Moje myśli przerwał podniecony okrzyk dziadka.

O, rany, był w tym naprawdę dobry.

Podczas gdy w telewizji większość ludzi rozrywa opakowanie, mnie w kulkę i wrzuca do kosza znajdującego się po drugiej stronie pokoju, my zawsze otwieraliśmy paczki powoli i ostrożnie, żeby móc wykorzystać papier w następnym roku. Mama i babcia chyba prowadziły w tajemnicy grę, która z nich pierwsza zniszczy opakowanie. W tym roku każdy prezent był owinięty w papier zaledwie dwa lata młodszy ode mnie.

Choć zawsze nienawidziłem tego cyrku z oszczędzaniem, bo spowalniał rozpakowywanie prezentów, to jednocześnie maskował błędy, które mogliśmy popełnić z dziadkiem podczas naszych tajnych operacji. Jeśli przypadkiem oddarliśmy kawałek papieru, albo taśmy, zawsze mogliśmy zrzucić winę na obowiązkowy recykling.

Sięgnąłem po pudełko, na którym było napisane moje imię. Nie było nawet opakowane. Powoli zdjąłem wstążkę, uniosłem wieczko, dotknąłem bibułki. Serce biło mi szybko. Jeśli ktoś ukrył w nim trop prowadzący do roweru, to właśnie dziadek.

Ręce drżały mi z podniecenia. Spojrzałem na dziadka. Miał na twarzy szeroki uśmiech dwudziestolatka. To był dobry znak.

Rozerwałem ostatni kawałek bibułki i odsłoniłem prezent: ręcznie szytą piżamę i kapcie zrobione z takiej samej wełny jak mój sweter.

Fantastycznie. Znowu zostałem oszukany.

Nie chcąc powtarzać błędu, przywołałem na twarz wyraz prawdziwego szczęścia.

– Dzięki, babciu, są naprawdę ładne. Pasują do swetra. – W udawaniu radości naprawdę stawałem się dobry.

– Twoja mama i ja podzieliłyśmy się włóczką. To dopiero był interes!

– Pas na narzędzia! – wykrzyknął dziadek z drugiego końca pokoju. – Co za niespodzianka! Właśnie tego potrzebowałem!

Dzień okazał się katastrofą, nie chciałem, żeby ta szopka trwała dłużej. Gdy sięgnąłem po ostatni prezent, czułem się trochę jak Charlie Bucket otwierający małą czekoladę pana Wonki z jego Fabryki Czekolady, jedyny przysmak, na który mogli sobie pozwolić jego rodzice. Miałem nadzieję, że zobaczę błysk złota, ale wiedziałem, że to mało prawdopodobne.

ŚWIĄTECZNY SWETER

Spojrzałem na naklejkę i serce mi podskoczyło. Okazało się, że to prezent od ciotecznej babci, a zawsze brakowało mi słów na opisanie jej podarunków. Była stara i szalona. Lubiła dawać mi rzeczy, które przypadkiem wpadły jej w ręce podczas domowych porządków. Pewnego roku dostałem od niej coś, czego nikt nie potrafił zidentyfikować. Dziadek przysięgał, że to popielniczka, którą kiedyś widział w jej kuchni, ale mama uważała, że to jest stary, ręcznie robiony kubek do kawy. Tak czy inaczej, nie był to przedmiot moich marzeń. Ostatecznie stanął na komodzie, a ja trzymam w nim pięciocentówkę, własnoręcznie zrobioną maskotkę z kamienia, i agrafkę.

Otwierając tegoroczny prezent, modliłem się, żeby to było coś naprawdę przydatnego. Nie rozczarowałem się, kiedy zobaczyłem rulon jednocentówek.

Przynajmniej wiem, gdzie je będę trzymać, pomyślałem..

Deszcz bębnił głośno o dach domu, słyszałem każdą kroplę, jakby spadały w zwolnionym tempie. Resztki śniegu i magii Bożego Narodzenia zmieniły się w błotniste, brązowe kałuże. Chciałem zacząć dzień od nowa jako zupełnie inny człowiek.

– Eddie, dziadek zaprosił nas na noc! – przerwała mama mój sen na jawie. – Możemy zjeść rano duże śniadanie i wrócić do domu na obiad.

Serce zaczęło mi bić szybciej. Zawsze lubiłem spać na farmie. Kiedy babcia i mama szły spać, dziadek i ja pakowaliśmy się w przeróżne tarapaty. Pewnego razu spędziliśmy dwie godziny na przesypywaniu przypraw kuchennych do innych buteleczek. Cynamon stał się papryką, pietruszka koprem, koper gałką muszkatołową, a gałka muszkatołowa rozmarynem. Następnego dnia francuskie tosty były paskudne, ale dziadek i ja śmialiśmy się przy każdym kęsie, który wmuszała w nas babcia.

Naprawdę chętnie zostałbym na noc. Uznałem, że dziadek jest jedynym człowiekiem na świecie, który może sprawić, żebym zapomniał o dniu, który właśnie się kończył. Ale dwunastolatek nie chciał, żeby mamie było zbyt łatwo po rozczarowaniach, na które mnie naraziła. Sweter? Piżama? Rolka centów? To była najgorsza gwiazdka w moim życiu. Odwróciłem się, łypnąłem na mamę spode łba i powiedziałem:

– Nie czuję się dobrze. Chcę jechać do domu.

Dziadek spojrzał na mnie z lekkim zdziwieniem.

Mama potarła czoło.

– Eddie, niewiele spałam zeszłej nocy. Wiesz, że pracowałam w sklepie na dłuższych zmianach. Jestem wyczerpana i nie chcę prowadzić. – Przechyliła lekko głowę i mrugnęła do mnie. – Proszę?

Ja się jednak zaparłem.

– Chcę jechać do domu. Moi koledzy na pewno dostali fajne prezenty, którymi mógłbym się pobawić. – Wyraz twarzy mamy powiedział mi, że celnie trafiłem.

Poczułem na boku twarzy palące spojrzenie dziadka.

– Przykro mi, Eddie, ale zostajemy – oznajmiła twardo mama. – Jestem zbyt zmęczona, żeby prowadzić.

– Bardzo byśmy się cieszyli, gdybyśmy jutro na śniadaniu mieli dwie najbliższe osoby – wtrąciła się babcia, starając się przywrócić pokój.

– Myślę, że Eddie ma rację – odezwał się dziadek tonem o wiele poważniejszym niż zwykle. – Może powinniście jechać do domu, skoro nie czuje się dobrze.

Właściwie było do przewidzenia, że dziadek stanie po mojej stronie. Często myślał jak dwunastolatek.

– Mama chyba ma rację, dziadku. – Próbowałem jakoś wybrnąć z sytuacji, w którą sam się wpakowałem. – Może powinniśmy zostać. Nie masz jutro rano w mieście jakichś spraw do załatwienia? — Spojrzałem na niego z krzywym uśmiechem, czekając na reakcję, ale on nie skorzystał z okazji.

— Nie, w tym tygodniu nie mam nic do załatwienia. Naprawdę uważam, że powinniście jechać do domu. Na pewno nie możesz się doczekać, żeby pobawić się z kolegami tymi wszystkimi wspaniałymi prezentami.

Szach, mat. Spuściłem wzrok, zakłopotany i zły.

Mama westchnęła.

— No dobrze. — Jej oczy zdradzały zmęczenie i rezygnację. — Idź na górę i spakuj rzeczy, Eddie. Muszę porozmawiać z dziadkami. Zawołam cię, kiedy będę gotowa.

— Jasne — burknąłem, udając obojętność.

— I włóż torebki na buty.

Pobiegłem na górę. Karanie mamy wymknęło się spod kontroli. Wyraz jej oczu zranił mi serce, ale poczucie winy zagłuszyłem gniewem. Gniewem na Boga, na życie i na mamę. To nie moja wina, powiedziałem sobie.

W sypialni wyciągnąłem foliowe woreczki, ale ich nie włożyłem. Głupie ochraniacze! Rzuciłem je na podłogę. Co za parszywy, beznadziejny dzień! Nienawidziłem

ŚWIĄTECZNY SWETER

Bożego Narodzenia. Chciałem, żeby się już skończyło. Niestety do końca było daleko. Czekała mnie jeszcze długa jazda do domu w przygnębiającym milczeniu.

Zdjąłem sweter i położyłem się na łóżku, mocno przyciskając go do siebie. Ale prezent, pomyślałem sarkastycznie. Doskonały. Oczy zaczęły mnie piec z gniewu. Wcisnąłem twarz w poduszkę. Miałem nadzieję, że mama mnie nie zawoła, dopóki moje łzy nie obeschną.

-- Eddie, czas jechać! – dobiegł z dołu głos mamy.

Jęknąłem ze znużeniem. Niechętnie włożyłem sweter, wziąłem torbę i zszedłem na dół. Babcia obejmowała mamę na pożegnanie.

– Nie zapomnij do mnie zadzwonić, gdy tylko dotrzesz do domu, Mary. Nie chcę się martwić przez całą noc.

Jak sięgam pamięcią, matka dzwoniła do swoich rodziców zaraz po powrocie do domu. Ponieważ zamiejscowe połączenia były dla nas luksusem, przy pomocy dziadka opracowaliśmy system. Mama prosiła operatora o rozmowę z przywołaniem, a babcia odpowiadała, że córka właśnie wyjechała i natychmiast się rozłączała, mając pewność, że dojechaliśmy bezpiecznie. Był to świetny system i, jak zawsze podkreślał dziadek, „całkowicie darmowy i prawie uczciwy".

Dziadkowie poszli do kuchni, żeby zapakować nam jedzenie na śniadanie. Słyszałem ich przyciszoną rozmowę.

Stawka poszła w górę, a ja zamierzałem wygrać tę grę. Niezależnie od ceny.

Siódmy

Jechaliśmy już dwadzieścia minut, kiedy mama przerwała milczenie.

– Tym razem naprawdę przeszedłeś samego siebie, Eddie.

Patrzyłem na długi ciąg farm znikających w lusterku wstecznym. Chmury wyznaczały brzeg zimowej burzy, która ścisnęła słońce do smutnego, bladożółtego krążka otoczonego szarą poświatą.

– Co mam zrobić? – zapytała mama, starając się ukryć łzy.

– Chcę mieć prawdziwe życie. – Słowa same popłynęły mi z ust. – Jak moi koledzy. – Nie mogłem się powstrzymać. Wylał się ze mnie cały dzień nagromadzonej frustracji i gniewu.

– Prawdziwe życie? Tak właśnie wygląda moje, Eddie. Pracuję w czterech różnych miejscach. Wydaje mi się, że nie śpię od dwóch lat. Zamieniam się z ludźmi na godziny pracy, żeby jak najwięcej przebywać z tobą w domu. Tylko tyle mogę zrobić, Eddie. Jestem zmęczona. Bardzo zmęczona. I wiesz co jeszcze? Może pora zacząć być mężczyzną, a nie zachowywać się jak ośmiolatek.

Mama nigdy jeszcze tak do mnie nie mówiła. Uniosłem wzrok w samą porę, by zobaczyć, jak dyskretnie ociera łzę z oka. Kiedy znowu się odezwała, jej ton był znacznie spokojniejszy.

– Wiem, że jest ciężko, odkąd tata umarł. Ale ciężko było nam obojgu. W pewnym momencie trzeba sobie uświadomić, że wszystko się dzieje z jakiegoś powodu. Od ciebie zależy, czy znajdziesz ten powód, wyciągniesz z niego naukę i dasz się zaprowadzić tam, gdzie powinieneś być. Możesz się skarżyć, jakie ciężkie masz życie, albo zrozumieć, że tylko ty jesteś za nie odpowiedzialny. Musisz wybrać: będę szczęśliwy czy nieszczęśliwy. I nic – ani sweter, ani rower – nigdy tego nie zmienią.

Głęboko we mnie jakiś głos szeptał, żeby ją przeprosić i błagać o wybaczenie. Ale ja siedziałem bez słowa.

Ulewny deszcz przeszedł w mżawkę, ale błoto tryskające spod kół osiadało na bocznych oknach i niewiele było przez nie widać. Patrzenie przed siebie nie wchodziło w grę – spojrzenie mamy mogło czekać w lusterku, żeby móc zacząć następny wykład – odkręciłem więc swoją szybę do połowy i modliłem się, żebyśmy szybko dotarli do domu.

Po kilku minutach pojawił się we mgle kościół babci. Mówię „kościół babci", bo właśnie ona była najbardziej religijną osobą w rodzinie. Mamie przypadało pod tym względem drugie miejsce, a daleko, daleko za nimi byliśmy dziadek i ja.

Kiedy byłem małym dzieckiem, mama co niedziela stroiła mnie i zabierała na mszę. Nienawidziłem tego, bo zmuszała mnie, żebym siedział prosto przez całą godzinę i słuchał kazania. Ojciec nigdy nie szedł z nami. Zwykle zostawał w domu albo wybierał się na golfa. Powtarzał, że wierzy we wszystkie dziesięć przykazań, a zwłaszcza w to, które wymaga „odpoczynku w niedzielę". Mama często mu przypominała, że Panu raczej nie chodziło o grę w golfa, ale tata tylko się śmiał i mówił: „Bóg nie sprawdza obecności w niedzielę". Wtedy sądziłem, że się usprawiedliwia z faktu, że nie chodzi z nami, ale kiedy zobaczyłem, jak traktuje innych i troszczy się o ludzi w potrzebie, zrozumiałem, co naprawdę miał na myśli: „Bóg sprawdza obecność każdego dnia".

Latem, kiedy długo przebywałem u dziadków, w każdą niedzielę chodziliśmy do kościoła babci. Tylko wtedy nie mogłem się tego doczekać, bo dziadek i ja wymyślaliśmy różne gry dla zabicia czasu. Przez lata wynaleźliśmy ich mnóstwo, ale moją ulubioną była ta, którą nazwaliśmy Wstań dla Boga. (Dziadek pierwotnie chciał ją nazwać Skocz dla Jezusa, ale nawet on zrozumiał, że to przesada, więc uzgodniliśmy bezpieczniejszą wersję).

Zasady były proste: za każdym razem, kiedy wierni musieli usiąść, wstać, uklęknąć albo zaintonować pieśń, należało ich wyprzedzić. Pewnie wydaje się to łatwe, ale żeby wygrać, trzeba się było wykazać refleksem. Jeśli ktoś się pomylił, nie tylko przegrywał, ale również wychodził na idiotę... i zasługiwał na karcące spojrzenie babci. Teraz, kiedy sięgam pamięcią wstecz, jest dla mnie oczywiste, od kogo mama się nauczyła udzielać lekcji wzrokiem.

Im częściej graliśmy we Wstań dla Boga, tym większej nabieraliśmy wprawy. I tym wcześniej trzeba było przewidzieć następny ruch, jeśli chciało się wygrać. Pewnego razu dziadek zaczął śpiewać „On Eagle's Wings" z takim wyprzedzeniem, że ojciec Sullivan zaskoczony przestał czytać Pismo i spiorunował go wzrokiem. Nieprzypadkowo właśnie wtedy po raz ostatni dziadek i ja siedzieliśmy obok siebie.

Gdy między nami zaczęła siadać babcia, msze trwały wieki, ale z czasem stało się coś dziwnego: naprawdę zaczątem je lubić. Myślę, że czułem się w tych momentach bliżej taty. Trudno to opisać, ale niekiedy miałem wrażenie, że siedzi obok mnie. Od czasu do czasu słyszałem nawet jego okropny głos śpiewający razem ze mną.

Kiedy spojrzałem przez boczną szybę, kościół babci, w którym czułem się najbardziej związany z ojcem, był już tylko kropką we mgle. Pomyślałem, jakie to dziwne, że osoba znajdująca się zaledwie dwie stopy ode mnie wydaje się bardziej daleka niż ktoś, kto nie żyje.

Gdy kościół całkiem zniknął za horyzontem, odwróciłem się i zaryzykowałem spojrzenie w przód. Wzrok matki czekał na mnie w lusterku... ale już nie był gniewny ani zraniony, tylko po prostu zmęczony. Wiedziałem, że mama zachęca mnie do przeprosin i że wtedy wszystko zostanie zapomniane. Ale nadal nie byłem gotowy. I też odczuwałem zmęczenie.

Jakieś dziesięć minut później zasnąłem.

Mama też.

Obudziły mnie trzaski stygnącego silnika forda. Uniosłem wzrok i zobaczyłem swoje siedzenie: plątaninę skręconego metalu i drutów sterczących pod różnymi kątami niczym groźne, kościste palce. Z zagłówka mamy zwisała podarta tkanina. Coś migało na desce rozdzielczej i co kilka sekund oświetlało małą plamę na podłodze.

Para silnych rąk sięgnęła do środka i wyciągnęła mnie przez częściowo otwarte, odwrócone do góry nogami tylne drzwi. Nie widziałem twarzy mężczyzny, ale zobaczyłem, że ma brudne ręce.

– Mamo! – próbowałem krzyknąć, ale z gardła nie wydobył się żaden dźwięk. Trząsłem się z zimna mimo grubego swetra.

Musiałem znowu zemdleć, bo kiedy się ocknąłem, leżałem na chodniku jakieś dwadzieścia jardów od płonącego samochodu. Jaskrawoczerwone i pomarańczowe ogniste palce sięgały w nocne niebo. Od wraku buchał nieznośny żar. Usłyszałem złowieszcze zawodzenie syren, zobaczyłem odbicie migających świateł na czarnych chmurach.

Straciłem przytomność.

Gdy otworzyłem oczy, oślepiło mnie jaskrawe światło. Wokół kręcili się lekarze i pielęgniarki, ale nikt nie zwracał na mnie uwagi.

– Gdzie moja mama?! – krzyknąłem. – Co z mamą?! Chcę ją zobaczyć!

Lekarze zareagowali podobnie jak mój dziadek, kiedy próbował się wymigać od powiedzenia prawdy.

– Jak możemy się skontaktować z twoim ojcem?

– Mój ojciec... nie żyje – wyszeptałem, po czym znowu zapadłem w sen.

Ósmy

Kiedy miałem dziesięć lat, dziadkowie zabrali mnie do wesołego miasteczka na doroczny Puyallup Fair. Nie był to Disneyland, ale miła odmiana po latach jeżdżenia na wrotkach po płaskim podjeździe. Babcia odmawiała naprawdę emocjonujących rozrywek – lubiła tylko wystawy rolnicze – a dziadek nie był w stanie usiąść na niczym, co się kręciło, bo od razu dostawał mdłości. W tej sytuacji nie miałem dużego wyboru. Po minizoo, chwytaniu zębami wiszących jabłek, i jeździe ciuchcią po trasie widokowej (dla babci stanowczo za szybkiej) byłem gotowy na coś większego. Na kolejkę górską.

Zbudowana z drewna daglezji w 1935 roku, nie była najszybsza ani największa w kraju, ale wyglądała przerażająco. Zniszczona przez ogień w 1950 roku i później odbudowana, znowu z drewna, górowała nad terenem targów niczym latarnia morska dla szukających dreszczyku emocji.

Stojąc w grupie chętnych do przejażdżki, zastanawialiśmy się na głos, do którego wagonika wsiądziemy: pomarańczowego, niebieskiego, czy żółtego. Kiedy czekaliśmy, dziadek nie przestawał mówić.

– Jesteś pewien, Eddie? To pięćdziesięciostopowy spadek i ponad pięćdziesiąt mil na godzinę. Ja dam radę. A ty?

– Jasne – odpowiedziałem, choć, prawdę mówiąc, nie byłem taki pewien.

W końcu dotarliśmy na stację, wsiedliśmy do wagonika i opuściliśmy zabezpieczenie. Kiedy zerknąłem na dziadka, dostrzegłem błysk strachu w jego oczach, przysięgam.

Usłyszałem charakterystyczne terkotanie łańcucha ciągnącego starą drewnianą kolejkę i wkrótce ruszyliśmy na pierwsze duże wzniesienie. Ani dziadek, ani ja, nie wymówiliśmy nawet jednego słowa.

ŚWIĄTECZNY SWETER

Widok z góry był zdumiewający. Wagonik zatrzymał się na chwilę, jakby schwytany w sieć grawitacyjną, a ja zobaczyłem w oddali kościół babci i jego wieżę zegarową odbijającą blask słońca. Nie miałem okazji dłużej mu się przyglądać, bo kiedy wspięliśmy się na szczyt, zaraz popędziliśmy ku ziemi, nabierając szybkości. Drewniany tor gwałtownie trząsł się pod nami. Dziadek wziął mnie za rękę i powiedział, żebym się nie bał.

Dopiero wiele lat później uświadomiłem sobie, że ściskał moją dłoń mocniej niż ja jego.

Teraz, kiedy staliśmy razem przy trumnie mojej matki, znowu trzymał mnie za rękę. Nie wiedziałem, kto kogo pociesza, ale tylko jego uścisk powstrzymał mnie przed ucieczką.

Później się dowiedziałem, że mama zasnęła za kierownicą. Zjechaliśmy z szosy i wpadliśmy do rowu. Ja nie miałem nawet zadrapania, ale mama skręciła kark. Lekarze i przyjaciele rodziny wciąż mi powtarzali, że zginęła na miejscu, że nie czuła żadnego bólu... jakby to mogło coś pomóc. Chciałem, żeby mama wróciła. Nie powinna była umrzeć. Nie wtedy, nie teraz i z pewnością nie „natychmiast" Nie pożegnaliśmy się, i co ważniejsze, nie powiedziałem jej, że żałuję. I już nigdy się nie dowie.

– Och, Eddie. – Ciocia Cathryn uściskała mnie mocno. Oczy miała spuchnięte i czerwone, głos niezwykle cichy. – Tak mi przykro. – Coś jeszcze mówiła, ale jej słowa do mnie nie docierały.

Pani Benson i inni znajomi z domu spokojnej starości też przyszli do kaplicy, ale nie było żadnego szczypania w policzek ani kolęd, tylko łzy i kondolencje. Zastanawiałem się, czy jeszcze kiedyś ich zobaczę.

Babcia powiedziała, że lepiej, bym nie dotykał ręki matki, bo to mną wstrząśnie, ale ja wiedziałem, że już gorzej być nie może. Podszedłem do trumny. Nie poznałem mamy. Wyglądała zupełnie jak jeden z manekinów, które ubierała u Searsa. Taka nieruchoma. Spokojna. Miała na sobie suknię, której nigdy wcześniej nie widziałem, i makijaż, choć nigdy nie kupowała kosmetyków. Miękka dłoń, którą odgarniała mi włosy z czoła, teraz leżała bezwładnie na jej piersi; między palcami przepleciono różaniec.

ŚWIĄTECZNY SWETER

Wyciągnąłem rękę, żeby jej dotknąć, i zauważyłem, że mam na sobie świąteczny sweter. Nawet nie pamiętałem, że go włożyłem.

Chciałem zapłakać. A właściwie uważałem, że powinienem płakać, ale kiedy tak stałem, trzymając rękę matki, z zaskoczeniem odkryłem, że czuję tylko gniew. Byłem zły na wielu ludzi, ale najbardziej na Boga. Zabrał mi ojca i matkę. Dlaczego? Czym sobie na to zasłużyli? Mógł ich uratować od choroby i wypadku samochodowego, ale postanowił, że tego nie zrobi. Mógł odpowiedzieć na moje modlitwy, ale je zignorował. Był nieobecny, kiedy mój ojciec modlił się o drugą szansę. Nie było go, kiedy matka modliła się o szczęśliwe święta. I teraz też go zabrakło.

Dziadek musiał wyczuć zmianę mojego nastroju, bo kiedy już prawie mdlałem po wszystkim, co przeszedłem i przez co jeszcze miałem przejść, otoczył mnie silnymi ramionami, przytulił i wyszeptał trzy słowa, których wtedy nie zrozumiałem, ale które zapamiętałem na zawsze: „Wszystko będzie dobrze".

Niestety, wszystko co kochałem leżało w trumnie, więc nie mógł się bardziej mylić. Nie było dobrze. I już nigdy nic nie będzie dobrze.

Miesiące po śmierci matki i pogrzebie zlały się w jeden moment. Moje wspomnienia były jakby historiami opowiadanymi przez kogoś innego. To zamroczenie trwało długo. Nie tyle przeżywałem czas po wypadku, ile obserwowałem jak mija.

Przeprowadziłem się na farmę dziadków. Zająłem pokój, który wyglądał podobnie jak moja dawna sypialnia, tyle że bez zacieków na suficie. Poza tym rano słyszałem przez okno kurczaki, a po południu krowy. Dom pachniał bekonem i świeżym chlebem. I te aromaty wciąż mi przypominały gdzie jestem i dlaczego.

Wciąż rozpamiętywałem to, co mi się przydarzyło. Bóg najwyraźniej uwziął się na mnie, a ja miałem teraz dużo czasu, żeby się zastanawiać, dlaczego.

Dawni koledzy dzwonili na początku, żeby się dowiedzieć jak sobie radzę, ale mieszkałem poza zasięgiem jazdy rowerem, więc trudno nam było się spotkać. Zwłaszcza że nie miałem roweru.

Ciocia Cathryn też kilka razy telefonowała, ale sytuacja była niezręczna, bo żadne z nas nie wiedziało jak ze sobą rozmawiać bez mamy. Ponieważ rozmowy zamiejscowe stanowiły luksus, wkrótce kontakt między nami się rozluźnił.

Dziadek i ja nadal urządzaliśmy wyprawy po jedzenie, drut albo inne rzeczy zapisane na kartce wetkniętej do kieszeni koszuli. On się nie zmienił, ale ja tak. Byłem w czarnym nastroju. Zły. Po kilku wypadach coraz niechętniej jeździłem do miasta, a dziadek przestał robić z nich zabawę. Szybko i w milczeniu załatwialiśmy sprawy i od razu wracaliśmy do domu. Po kolejnych paru wyjazdach dziadek zrezygnował z zabierania mnie ze sobą.

Pozostały nam tylko cotygodniowe wizyty w kościele babci. Nigdy nie opuściliśmy żadnej mszy. Ale już nie było gier dla zabicia czasu, bo dziadek nie chciał, żeby go coś rozpraszało. „Zachowuj się z szacunkiem" – szeptał mi podczas kazania. – „Staram się słuchać. Ty też powinieneś".

Po skończonej mszy dziadek i babcia zwykle zostawali sami w pierwszej ławce, spuszczali głowy i modlili się. Ja stałem z tyłu i czekałem na nich. Czasami próbowałem przestawiać świece, żeby powstał jakiś wzór, kiedy indziej bawiłem się wodą święconą, ale głównie zwyczajnie się nudziłem. Już nawet nie czułem bliskości taty. Było tak, jakby on i Bóg postanowili jednocześnie mnie opuścić.

Po kilku weekendach obserwowania, jak dziadkowie się oszukują, że Bóg im pomoże, doszedłem do wniosku, że mogą zmusić mnie do chodzenia do kościoła, ale nie zmuszą do słuchania. Dziadek myślał, że znajdzie tutaj odpowiedź, ale ja już wiedziałem swoje – Bóg umarł. Nie chodziło o to, że w ogóle nie istnieje – po prostu przestał istnieć dla mnie. Słyszał moje modlitwy i postanowił je zignorować, wiec teraz ja Go zignoruję.

Sprawię, że będzie tak cierpiał, jak ja przez Niego cierpiałem.

Ponieważ nie było już wycieczek do miasta, dziadek szybko znalazł inne okazje, żeby pokierować swoim zbłąkanym wnukiem. Uznał, że warto wciągnąć mnie do pomocy w pracach gospodarskich.

Zawsze uważał, że sklepy żelazne i składy drewna są dobre tylko dla gwoździ. Po co płacić za deski i okna, skoro można wziąć je bez płacenia ze starych stodół albo budynków gospodarczych? Zrobił sobie zabawę ze zdobywania materiałów za darmo. Kiedy coś wypatrzył, zatrzymywał się i pytał właściciela, czy może uwolnić go od zepsutego brzydactwa. Zwykle właściciel był zadowolony, że ktoś rozbierze ruinę, więc chętnie przystawał na ofertę dziadka.

Od czasu do czasu ktoś mu proponował sprzedaż drewna, ale dziadek uprzejmie odmawiał. Nigdy, przenigdy nie płacił za coś, co mógł dostać za darmo. Zdarzało się, że kiedy człowiek, który próbował żądać od niego pieniędzy, przeprowadził się niedawno z Seattle albo, co gorsza, z Kalifornii, dziadek kazał sobie jeszcze zapłacić za usunięcie niepotrzebnych rzeczy. Mówił, że trzeba nauczyć tych nowych, jak się rzeczy mają „na prowincji wśród kmiotków".

Zdobyczne drewno i okna trzymał za stodołą. Gromadził je przez lata, tak że panował tam wielki nieporządek. Pewnego dnia zaprowadził mnie w to miejsce, pokazał stertę i powiedział, że razem zbudujemy nowy kurnik. Pomysł nie zrobił na mnie wrażenia, a kiedy dziadek dodał, że najpierw trzeba te wszystkie rzeczy przejrzeć i uporządkować, naprawdę się rozzłościłem. Nie mogłem uwierzyć, że chce mnie obarczyć zadaniem, które musiało zająć całe wieki.

Dziadek odszedł na kilka minut i wrócił z dwiema szklankami lemoniady. Gdy zobaczył, że mocuję się z dużym podkładem kolejowym, szybko odstawił napoje i podbiegł do mnie, żeby złapać za drugi koniec.

– Spokojnie – powiedział. – Trzymam.

Byłem taki zły, że zrzucił całą tę robotę na moje barki, że nie chciałem jego pomocy. Nigdy wcześniej nie widział mnie tak wściekłego. Szczerze mówiąc, ja też nie.

Wycofał się natychmiast, sięgnął po swoją szklankę, pociągnął łyk lemoniady i obserwował mnie przez kilka minut. Ja przez ten czas nie powiedziałem ani słowa. Nawet na niego nie spojrzałem. Chciałem dać mu do zrozumienia, że dokończę tę głupią robotę, ale żeby nie czuł się z tym dobrze. W końcu zebrał się do odejścia i tylko rzucił przez ramię:

– Powiedz mi, kiedy skończysz, Eddie.

Co parę godzin zaglądał za stodołę, żeby zobaczyć, jak mi idzie, albo przynieść z domu kolejną lemoniadę. Za każdym razem zadawał mi to samo pytanie:

– Eddie, już skończyłeś?

Z upływem dni, jego wizyty wcale nie stały się rzadsze. Dziadek patrzył, jak dźwigam i ciągnę ciężkie belki z jednej części farmy na drugą. Nigdy nie udzielił mi oczywistej rady, że dobrze byłoby najpierw usunąć stare gwoździe.

Kilka razy widziałem, jak siedzi na ganku i śmieje się, opowiadając historie naszemu sąsiadowi Davidowi. Innym razem poszedłem napić się wody z węża i zobaczyłem, że śpi w hamaku. Obudził go zgrzyt odkręcanego kurka. Nasze spojrzenia się spotkały.

– Już skończyłeś? – zapytał.

Aż się zagotowałem.

Niezły żart, pomyślałem. Teraz wiem, dlaczego tak dobrze zniósł śmierć mamy. Jest szczęśliwy, że ma mnie na farmie, bo w końcu ktoś za darmo wykonuje za niego całą ciężką robotę.

Cały obolały, z odciskami i skaleczeniami na rękach, byłem coraz bardziej wściekły, kiedy dziadek pytał, czy już skończyłem. Jak można mieć takie zimne serce? Patrzeć, jak wnuk się męczy, i ani razu nie zaproponować pomocy?

Po czterech dniach mojej harówki dziadek przyszedł z lemoniadą, spojrzał mi w oczy i wyrecytował to samo pytanie.

– Już skończyłeś?

W końcu wybuchnąłem.

– Żartujesz sobie ze mnie? Spójrz na ten stos. Trzeba wielu dni, żeby to wszystko ruszyć. Jeśli tak ci się śpieszy, przestań przyjmować gości, ucinać sobie drzemki albo uspokajać sumienie, przynosząc mi tę głupią lemoniadę, i lepiej zaproponuj pomoc.

Dziadek spojrzał na mnie ze smutkiem.

– Eddie, proponowałem ci pomoc. Pierwszego dnia, i co kilka godzin od tamtej pory.

– Kiedy?! – wrzasnąłem, schylając się po kolejną deskę. – Wciąż tylko pytałeś, kiedy skończę.

– Nie, Eddie, może tak słyszałeś, ale nie o to pytałem. – Jego głos był cichy i spokojny. – Pytałem, czy już skończyłeś.

– Och, przepraszam, panie profesorze angielskiego. – Nigdy nie odzywałem się do dziadka z takim brakiem szacunku. Czułem, że się zmieniam, i choć mnie to przerażało, nie wiedziałem jak się pohamować... a część mnie wcale tego nie chciała.

Wtedy dziadek po raz pierwszy i jedyny w życiu uderzył mnie w twarz. Z oczu popłynęły mu łzy. Milczał przez chwilę, starając się zapanować nad sobą. Kiedy znowu się odezwał, głos miał cichy:

– Kiedy pokazałem ci tamtego dnia całą tę robotę, powiedziałem, że "zbudujemy nowy kurnik". Nie mówiłem "ja" ani z pewnością nie mówiłem "ty". Wcale nie chciałem, żebyś całą pracę wykonał sam. Po prostu tak założyłeś. Kiedy zaproponowałem ci pomoc, odparłeś, "żebym się nie kłopotał". Jeśli dobrze pamiętasz, wtedy po raz pierwszy poprosiłem cię, żebyś dał mi znać, gdy skończysz. Nie chodziło mi o całą robotę, tylko o samo sprzątanie. Kiedy wreszcie przestaniesz się nad sobą litować? Myśleć, że świat jest przeciwko tobie? Świat nie jest przeciwko tobie, Eddie. To ty jesteś przeciwko sobie. Powinieneś zrozumieć, że nikt nie musi sam dźwigać ciężaru. Gdy sobie uświadomisz, że możesz poprosić o pomoc, cały twój świat się zmieni.

Z powodu piekącego policzka trudno mi było się skupić na tym, co mówił.

– Myślę, że mój świat już dostatecznie się zmienił – odburknąłem.

– Posłuchaj, Eddie, wiem, że teraz życie strasznie cię boli. Twoja babcia i ja modlimy się co wieczór, żeby Bóg ukoił twój ból i nasz. Ale nie jesteś pierwszym młodym człowiekiem, który stracił matkę, a ja nie jestem pierwszym mężczyzną, który stracił córkę. Możemy razem się nauczyć, jak za nią tęsknić. Nie musisz być osamotniony.

Po raz pierwszy od długiego czasu zwróciłem uwagę na jego oczy. Niebieskie, o przeszywającym spojrzeniu, zmieniły się w szare i zmęczone.

– Przepraszam, że cię uderzyłem, Eddie, ale sam już nie wiem, kim się stałeś, bo nie jesteś tym młodym mężczyzną, którym miałeś być. Wiem, że to trudne, ale musisz znaleźć sposób, żeby przez to wszystko przejść. Ból minie i z czasem jeszcze możemy nauczyć się śmiać. – Zrobił pauzę i odwrócił wzrok. – Chciałbym odzyskać córkę. I chcę odzyskać najlepszego przyjaciela. Ciebie. Czasami myślę, że straciliśmy was oboje w tym cholernym samochodzie.

„Cholerny" było mocnym przekleństwem jak na mojego dziadka. Nieraz widziałem, że ma ochotę rzucić gorszymi słowami, ale babcia ich nie tolerowała. Szukałem oznak gniewu na jego twarzy, ale malował się na niej tylko smutek i znużenie. Dziadek wyglądał staro.

Po raz pierwszy przyszło mi do głowy, że stracił córkę. Potrzebował mnie równie mocno, jak ja jego. Tak jak w kolejce górskiej, powinniśmy ściskać się za ręce. Nie miało znaczenia, kto kogo pociesza.

Ja też nagle poczułem się wyczerpany. Nie tylko fizycznie. Byłem zmęczony samotnością, zmęczony tym, że przez cały czas jestem wściekły, zmęczony duszeniem w sobie poczucia winy. Chciałem się rzucić dziadkowi w ramiona, pozwolić mu, żeby mnie przytulił i zapewnił, że wszystko będzie dobrze. Ale miałem tylko dwanaście lat. Nie wiedziałem, jak wrócić. Nie wiedziałem, jak naprawić wszystkie błędy, które popełniłem. Znalazłem siłę w gniewie. Nie zdołałem powstrzymać słów, które wyrwały mi się z ust:

– Nie potrzebuję twojej pomocy i z pewnością nie potrzebuję pomocy Boga. – Głos miałem spokojny, na wargach błąkał mi się szyderczy uśmieszek.

– Wiem, że chcesz być na kogoś wściekły – odparł dziadek. – Jeśli potrzebujesz tego, żeby przetrwać dzień, bądź wściekły na mnie. Ale nie gniewaj się na Boga. On nic ci nie zrobił. Niektóre rzeczy po prostu się zdarzają. Czasami są konsekwencją naszych własnych działań, kiedy indziej nie. Bywa i tak, że złe rzeczy przytrafiają się dobrym ludziom. Ale jedynym planem Boga wobec ciebie jest to, żebyś był szczęśliwy.

Patrzyłem w ziemię, czekając, aż przestanie mówić. Nie przestał.

– Wszyscy stajemy przed różnymi wyzwaniami i próbami. Niektóre są trudniejsze od innych. Mają nas wzmocnić i przygotować do drogi. Nie tylko dla naszego dobra, ale dla dobra tych wszystkich, których w życiu spotkamy. Nie wiem co On dla nas zaplanował, ale wiem, że musimy walczyć, Eddie. Bóg nigdy nie zostawi nas bezsilnych i bezradnych.

Zastanawiałem się, czy dziadek nauczył się tego wszystkiego w czasie jednej z kościelnych maratonów.

– Jego pomoc? – Podniosłem wzrok i napotkałem stalowe spojrzenie dziadka. Czułem narastający we mnie żar. – Chyba już nam dosyć pomógł, nie uważasz? Jeśli zabijanie niewinnych ludzi ma być wyzwaniem albo próbą, to Bóg jest chory, a jego lekcje równie pomocne jak ten głupi kurnik. Którego, tak przy okazji, jeszcze nie skończyłem. – Schyliłem się po następną deskę i zacząłem ją wlec, mamrocząc dostatecznie głośno, żeby dziadek usłyszał: – Powiem ci, kiedy skończę.

Ostatniego dnia szkoły zatrzymała mnie na korytarzu jedna z nauczycielek i położyła mi dłoń na ramieniu.

– Eddie, poznałeś już Taylora?

ŚWIĄTECZNY SWETER

— Nie sądzę — odparłem, zastanawiając się, dlaczego ją to obchodzi.

Odsunęła się na bok, a ja zobaczyłem stojącego za jej plecami chłopca w moim wieku.

— Taylor, to jest Eddie. Eddie, Taylor. — Nauczycielka trzymała ręce na naszych ramionach. — Jesteście sąsiadami. Wiedzieliście o tym?

— Nie widziałem cię wcześniej — powiedziałem do wysokiego chudzielca o kasztanowych, kręconych włosach sterczących we wszystkie strony, których nie dałoby się przygładzić żadną ilością śliny.

— Nie jeżdżę autobusem — odparł Taylor.

Obaj staliśmy skrępowani i zerkaliśmy na siebie. Nauczycielka uśmiechnęła się zadowolona z dobrego uczynku i odeszła.

— Gdzie mieszkasz? — spytałem.

— Route sto dzieśćdziesiąt jeden.

— Ja też.

— Chcesz, żeby cię podwieźć do domu? Szkolny autobus śmierdzi.

Nie wiedziałem, czy mówi to dosłownie, czy w przenośni. Tak czy inaczej, miał rację. Wyszliśmy bocznymi drzwiami i zbliżyliśmy się do długiego, beżowego samochodu.

– O rany, to twój?

Taylorowi chyba spodobał się mój podziw.

– Nie, ukradliśmy go – odparł. Wtedy po raz pierwszy zetknąłem się z ustawicznym sarkazmem Taylora.

Nowy, wielki lincoln continental nie przypominał aut, które widywałem wcześniej, ale wcale nie był taki nadzwyczajny, tylko po prostu robił wrażenie na dzieciaku przywykłym do torebek foliowych na butach.

– Twój tata jest lekarzem czy kimś takim? – zapytałem.

– Właściwie tak. Chirurgiem od mózgu.

– Naprawdę? – Pochodziłem z rodziny piekarzy, więc coś takiego zrobiło na mnie jeszcze większe wrażenie niż samochód.

– Nie. Naprawdę łatwo cię oszukać, Eddie. Mój tata jest akwizytorem. – Taylor uśmiechnął się i otworzył drzwi. Z przodu siedzieli jego rodzice.

– Jak ma na imię twój kolega? – zapytała matka.

– Eddie.

– Cześć, Eddie. Jestem Janice, matka Taylora, a to Stan, jego tata.

– Cześć, Eddie – rzucił Stan.

— Miło mi poznać, panie...

— Ashton — podpowiedzieli chórem. — Ale mów do nas Stan i Janice.

— Miło mi państwa poznać.

— Nam również, Eddie — rzekł pan Ashton. — Jaki jest plan, Taylor?

— Eddie mieszka blisko nas. Powiedziałem mu, że możemy podwieźć go do domu.

— Jasne, chętnie. — Pan Ashton wrzucił bieg. — Wskakuj.

— Może zjesz z nami kolację, Eddie? — zapytała pani Ashton, kiedy skręciliśmy na drogę prowadzącą na farmę dziadków. — Wybieramy się do ulubionej restauracji Taylora.

O rany, pomyślałem. Do restauracji? We wtorek? Muszą być nadziani.

— Chciałbym... Stan, ale dziadkowie na mnie czekają. — Poczułem się dziwnie, mówiąc dorosłemu po imieniu.

— Zadzwonimy do nich.

Gdy kilka minut później dotarliśmy do domu Taylora, od razu zatelefonowałem do babci. Jej radość, że mam nowego kolegę, najwyraźniej przeważyła nad rozczarowaniem, że nie będzie mnie na kolacji, bo kiedy wyjaśniłem kim są Ashtonowie i gdzie mieszkają, niechętnie się zgodziła, żebym u nich został.

Kolacja na mieście była dla mnie przygodą. Rzadko wychodziłem gdzieś zjeść, a nigdy w zwykły dzień. Przy szczególnych okazjach rodzice zabierali mnie na banana z lodami i bitą śmietaną w lodziarni Farrella, ale musiały to być urodziny albo coś takiego. Ale nawet wtedy mama przypominała mi, żebym nie zamawiał mleka. Widać nie przeszkadzało jej, że lody też są z mleka.

Nie wiedziałem jak pan Ashton zarabia na życie, ale musiał być bogaty. Nie tylko mogli sobie pozwolić na mleko, ale również na oranżadę. Był to dla mnie prawdziwy smakołyk, bo nigdy nie piłem jej ani w restauracjach, ani w domu. Prawdę mówiąc, przez długi czas nawet nie wiedziałem, co to jest, poza tym, że ma dużo bąbelków.

Pewnego razu, jakieś trzy lata wcześniej, znalazłem buteleczkę cytrynowej alka-selzter w szafce w naszej kuchni, gdzie przechowywaliśmy wszystkie leki. Kiedy wrzuciło się tabletkę do wody, robiły się bąbelki, więc wymyśliłem, że jest to „oranżada w proszku". Przez kilka następnych nocy czekałem, aż rodzice pójdą spać, i wtedy rozkoszowałem się smakiem czegoś, co uważałem za ekskluzywny (choć paskudny) napój. Nie rozumiałem, dlaczego ludzie tak bardzo go lubią, ale uznałem, że w końcu ja też go docenię.

Moja tajna fabryka oranżady została zamknięta, kiedy mama znalazła do połowy opróżnioną buteleczkę i przyszła z nią do mnie, a ja przeprosiłem ją za wypicie całej oranżady. Pewnie byłaby na mnie zła, gdyby nie to, że nie mogła przestać się śmiać.

Kiedy teraz rozkoszowałem się prawdziwą oranżadą, zauważyłem, że pan Ashton ma na sobie garnitur i krawat, podczas gdy mój ojciec i dziadek ubierali się tak tylko do kościoła. Nie byłem ekspertem w tej dziedzinie, ale jego strój wyglądał na drogi, a koszula też raczej nie została uszyta w domu.

Zbyt pochłaniało mnie przyglądanie się tym wszystkim drogim rzeczom, które mieli na sobie, by zauważyć, jak niewiele Ashtonowie rozmawiają ze sobą.

W połowie kolacji pan Ashton przerwał milczenie, mówiąc żonie i synowi, że ma dla nich niespodziankę. Ponieważ musiał jechać w interesach do południowej Kalifornii, zamierzał zabrać ze sobą rodzinę, żeby potem wybrać się na tydzień do Disneylandu. Ku mojemu zaskoczeniu Taylor nie wyglądał na zachwyconego. Prawdę mówiąc, był znudzony i zły.

– O, nie, znowu? – jęknął. – Już mnie mdli od jeżdżenia do Disneylandu.

Nie mogłem uwierzyć własnym uszom. Ile razy tam byli? Jakie dziecko mogło mieć dość Disneylandu?

– Jedźcie, jeśli chcecie, ale ja zostaję w domu – oświadczył.

Przy stole na chwilę zapadła krępująca cisza. Byłem przygotowany na to, że Taylor zaraz usłyszy przemowę zaczynającą się od słów „posłuchaj, młody człowieku", której ja musiałbym wysłuchać, gdybym coś takiego powiedział, ale jego mama tylko stwierdziła:

– Może tak będzie najlepiej.

Co?!

– W porządku, Taylor – dorzucił jego ojciec, patrząc w talerz. – Ostatnią rzeczą, jakiej bym chciał, to ciągnąć cię gdzieś na siłę. Może znajdziemy jakieś inne miejsce, żeby tam pojechać latem.

Miałem ochotę krzyknąć: „Mnie możecie ciągnąć wszędzie!".

Ale chyba byłem w szoku. Nie dość, że Taylor nie chciał jechać na wakacje do Kalifornii, to jeszcze

ŚWIĄTECZNY SWETER

oznajmił rodzicom, że zamierza zostać w domu, a oni się zgodzili! Stał się moim nowym bohaterem. Zachowywał się jak dorosły, a matka i ojciec właśnie tak go traktowali. Moi dziadkowie z pewnością mogliby się dużo nauczyć od Stana i Janice. Ashtonowie tworzyli rodzinę idealną.

※

– Dziękuję bardzo, że zabrali państwo Eddiego na kolację – powiedziała babcia przez opuszczone okno wielkiego continentala.

– Bardzo proszę! Cieszę się, że chłopcy w czasie wakacji będą mieli do siebie blisko. – Obie kobiety wymieniły spojrzenie, które pamiętałem z czasów, kiedy widywałem razem moją mamę i ciocię Cathryn.

– Wkrótce zaprosimy... – Babcia się zawahała.

– Taylora...

– ...Taylora do nas z wizytą.

Gdy pani Ashton odjechała, babcia rzuciła z uśmiechem:

– Dobrze się złożyło, nie uważasz, Eddie?

– Chyba tak.

Minąłem ją i wszedłem do domu. Babcia została na dworze. W ogóle się nie poruszyła. Po prostu patrzyła przed siebie.

Nigdy wcześniej tak bardzo jej nie zraniłem, ale w tamtym momencie nawet tego nie zauważyłem. Byłem zbyt pochłonięty opowiadaniem, jakie wspaniałe życie ma Taylor i że chciałbym należeć do jego rodziny. Nieświadomie podjąłem decyzję, żeby wymazać przeszłość, całkowicie ją ignorując.

A babcia była częścią tej przeszłości.

Dziewiąty

Tamtego lata spędzałem dużo czasu u Ashtonów. Poza wiekiem, Janice nie miała nic wspólnego z moją matką, i to mi odpowiadało. Nie chciałem przebywać w obecności kogoś, kto by mi przypominał co zrobiłem i powiedziałem, albo, co ważniejsze, czego nie zrobiłem i nie powiedziałem.

Wtedy nie zdawałem sobie sprawy z tego, że pani Ashton jest bardzo samotna. Nigdy nie widziałem jej pijanej, ale całe popołudnia spędzała z kryształowym kieliszkiem pod ręką. W tamtym czasie po prostu uważałem, że tak właśnie żyją bogaci, i bardzo mi się to podobało. Czułem się jak w domu.

Całe życie pani Ashton obracało się wokół Taylora. Większość czasu i uwagi poświęcała uszczęśliwianiu syna, a teraz również mnie. To była prawdziwa ulga, odpoczynek od szarej codzienności. U Ashtonów nie istniała przeszłość, tylko przyszłość. I to świetlana.

Ich rodzina bardzo się różniła od tych, które znałem. Brakowało im śmiechu i radości, ale nadrabiali to pieniędzmi. Taylor nigdy nie wkładał torebek foliowych na buty (w ogóle nie nosił butów, jeśli nie chciał), a rodzice kupowali mu rower, kiedy tylko zapragnął nowego. Widziałem co najmniej trzy stojące bezużytecznie w garażu obok continentala.

Pan Ashton był równie wysoki i cichy jak stawał się dom, kiedy w nim przebywał, co nie zdarzało się często. Praca akwizytora wymagała od niego licznych podróży, ale za każdym razem gdy wracał, przywoził synowi prezent. Zazdrościłem Tylorowi, że niewiele rozmawiają. Brak rozmów oznaczał brak kazań.

Po ostatniej podróży ojca Taylor dostał nową grę telewizyjną pod nazwą Pong. Innym razem, po długiej nieobecności, pan Ashton pojawił się z nowym, dwudziestopięciocalowym kolorowym telewizorem. Komu potrzebna rozmowa, kiedy ma wszystko w pięknych, żywych kolorach?

Nasz telewizor był tak mały, że musiałem siadać na podłodze tuż przed odbiornikiem, żeby w ogóle coś widzieć. Mama zawsze mówiła, że dostanę raka albo oślepnę, ale tata mnie uspokajał, że to zwykłe straszenie. Teraz myślę, że mówił tak tylko dlatego, żeby nie stracić osobistego pilota. Od czasu do czasu wołał: "Eddie, czwarty". "Eddie, zmień na piąty". "Spróbuj siódmy".

Wydawało się niesprawiedliwe, że to ja siedziałem blisko telewizora, a on dostał raka.

Taylor nie zdawał sobie sprawy, jak mu jest dobrze. Wystarczyło się rozejrzeć po jego nowoczesnym domu, żeby stwierdzić, jacy szczęśliwi są Ashtonowie. Mieli nawet pilota. Taylor pewnie nigdy nie dostanie raka ani nie oślepnie, i nawet nie będzie wiedział, czemu to zawdzięcza.

Po jakimś czasie zacząłem przekonywać samego siebie, że należę do ich rodziny bardziej niż mojej prawdziwej, mieszkającej kilka farm dalej. Ashtonowie nie mieli żadnych kłopotów, ich życie było łatwe. Tak właśnie powinna wyglądać prawdziwa rodzina. Mama zawsze mi mówiła, że rzeczy nie dają szczęścia, ale ja stwierdziłem, że się myliła. Taylor miał mnóstwo rzeczy i był szczęśliwszy niż ja kiedykolwiek.

❦

Początkowo długi spacer do Talyora za każdym razem wydawał mi się coraz krótszy. Jedna z farm, które mijałem po drodze, wyglądała na opuszczoną, ale wracając kiedyś do domu, odkryłem, że jest inaczej.

– Dzień dobry – powiedział mężczyzna, który opierał się o jedną z mocniejszych części płotu ciągnącego się wzdłuż drogi.

Był prawie tak stary jak mój dziadek, ale szczuplejszy i trochę niższy. Jego oczy sprawiały wrażenie dużo młodszych, ale twarz miał brudną, a gęsta upstrzona okruchami broda sterczała na wszystkie strony, jakby chciała z niej uciec. Gdyby nie stał przed swoją farmą, pomyślałbym, że jest bezdomny.

– Cześć – odpowiedziałem, zatrzymując się kilka stóp od nieznajomego.

– Wracasz od kolegi, co?

– Tak, proszę pana. – Zdziwiłem się, że wie, skąd idę.

— Założę się, że czujesz się u niego jak w domu — rzekł stary ze zrozumieniem.

— Tak, proszę pana.

— Cóż, obaj mamy swoje sprawy. Miłego wieczoru.

— Nawzajem. — Zrobiłem kilka ostrożnych kroków i odwróciłem głowę, żeby zobaczyć, czy mnie obserwuje.

Obserwował.

— Przykro mi z powodu twojej matki — dodał głosem, który tak się zmienił, że mógłby należeć do zupełnie innej osoby. Jego wzrok był utkwiony we mnie, a twarz zupełnie spokojna. — Wszystko będzie dobrze, synu. Wszystko będzie dobrze.

Te słowa, słowa dziadka, natychmiast przypomniały mi pogrzeb mamy. Nie mogłem się poruszyć ani nawet odwrócić wzroku. Zamiast łagodnego oblicza starca i jego ciemnoniebieskich oczu ujrzałem twarz matki. Pojawiła się przede mną jak żywa. Przez głowę przemknęły mi obrazy z kilku ostatnich dni jej życia.

Umalowana i spokojna w taniej trumnie.

Zmęczona i smutna w czasie jazdy z farmy do domu.

Rozczarowana i upokorzona na widok swetra rzuconego na podłogę.

Bez wyrazu, kiedy wmuszała w siebie kawałek gorzkiej czekolady.

Ogarnął mnie gwałtowny żal, z gardła wyrwał się szloch, z oczu popłynęły strumienie łez. Opadłem na szorstką trawę i usiadłem na niej ze skrzyżowanymi nogami, z twarzą ukrytą w dłoniach. Płakałem po raz pierwszy od śmieci mamy.

Gdy się wreszcie uspokoiłem, spojrzałem załzawionymi oczami na nieznajomego, opierającego się o płot.

Osłupiałem, gdy zobaczyłem, że się uśmiecha. Po chwili ruszył w stronę domu, ale po dwóch krokach zatrzymał się i odwrócił.

– Do następnego spotkania, Eddie.

– Dziadku, kto mieszka obok nas na zrujnowanej farmie? – zapytałem wieczorem przy kolacji, nadal oszołomiony niedawnym spotkaniem.

– Nikt, Eddie. Stoi pusta od sześciu albo siedmiu lat. Należy do Johnsonów, ale oni przenieśli się na wschód.

— Ale ktoś tam był. Przy płocie stał mężczyzna i rozmawiał ze mną.

Dziadek przestał gonić groszek po talerzu i zmrużył oczy. Jego krzaczaste siwe brwi niemal spotkały się nad nosem.

— Co mówił?

Nie byłem pewien, co odpowiedzieć.

— Starał się być miły. Wiedział, że idę od Taylora i chciał tylko się przywitać.

— Co jeszcze? — wypytywał dziadek, widząc moje wahanie.

— Powiedział, że jest mu naprawdę przykro z powodu mojej mamy, ale że wszystko będzie dobrze.

Dziadek spojrzał na babcię, a potem znowu na mnie.

— Wszyscy się znają przy tej drodze, Eddie. Możliwe, że któryś sąsiad sprawdzał farmę.

— Wyglądał, jakby tam mieszkał.

Babcia starała się ukryć zaniepokojenie, ale dostrzegłem spojrzenie, które rzuciła dziadkowi. Dobrze je znałem, bo takie samo widziałem prawie rok wcześniej. Siedzieliśmy wtedy przy stole i jedliśmy kolację, kiedy zadzwonił telefon. Babcia go odebrała i bez słowa popatrzyła na dziadka tak jak teraz.

Sąsiad, który mieszkał na końcu ulicy, wyjechał i ktoś włamał się do jego domu. Kiedy rozeszła się wieść, ludzie z okolicy pobiegli na jego farmę ze strzelbami w rękach. Dotarli na miejsce w samą porę, żeby złapać włamywacza, który uciekał bocznymi drzwiami. Trzymali go na muszce – a właściwie na ośmiu muszkach – póki nie przyjechała policja.

Gliniarz omal się nie roześmiał na widok zorganizowanej na poczekaniu straży obywatelskiej.

– Człowieku, albo nie pochodzisz stąd, albo jesteś najgłupszym przestępcą, jakiego w życiu spotkałem – powiedział do mężczyzny leżącego twarzą do ziemi. – To jest najbezpieczniejsza okolica w hrabstwie. Ci ludzie oddaliby sobie nawzajem ostatnią koszulę.

Mężczyźni w milczeniu pokiwali głowami i uśmiechnęli się do siebie w rzadkiej chwili porozumienia.

– Zwykle wzywają mnie, żebym bronił właściciela domu, ale widzę, że tym razem jestem tutaj, żeby bronić ciebie – ciągnął policjant.

Wszyscy mężczyźni się roześmiali, a niedoszły złodziej został zakuty w kajdanki.

Teraz, kiedy zobaczyłem ten sam zmartwiony wyraz na twarzy babci, wiedziałem, co to znaczy: dziadek osobiście sprawdzi farmę Johnsonów, pewnie zabierając ze sobą Davida Bauera i paru innych sąsiadów oraz kilka winchesterów.

Wcześnie poszedłem do łóżka, ale bałem się zasnąć. Mama już wcześniej pojawiała się w moich snach, ale zawsze była zamazaną, czarno-białą postacią. Nigdy nie miałem wizji tak żywych jak tego popołudnia na drodze. I nie chciałem ujrzeć ich znowu.

W przeciwieństwie do Ashtonów, moi dziadkowie mieli stary kolorowy telewizor „Zenith", zakupiony na aukcji. Jakieś piętnaście minut przed początkiem programu, który zamierzaliśmy obejrzeć, dziadek mówił: „Idę rozgrzać odbiornik". Upływała cała wieczność zanim w końcu pojawiał się porządny obraz („porządny" w tym przypadku oznaczało obraz kolorowy, o zabarwieniu przyprawiającym widzów o chorobę morską).

Jedynym programem, którego dziadkowie nigdy nie przepuszczali, był Lawrence Welk. Babcia go uwielbiała, ale odkąd zobaczyłem telewizor Taylora, Lawrence Welk tylko mnie irytował. Jego show wcale nie był „Cudowny cudowny", a oglądanie go za każdym razem przypominało mi, że nie mogę oglądać „Starsky'ego i Hutcha" ani nawet „Szczęśliwych dni", które babcia nazywała „milutkim programem". Nie podobał się jej tylko „ten chłopak Fonzie".

Ale chociaż nienawidziłem Lawrence'a Welka, podobała mi się sama telewizja. Zdumiewało mnie, że kamera gdzieś w Welklandzie rejestruje go dyrygującego orkiestrą i że ten ruchomy obraz jakoś dociera poprzez powietrze do dużego urządzenia szumiącego w naszym pokoju. Kiedy babcia wyłączała telewizor, patrzyłem, jak obraz znika i zostaje tylko niknąca kropka pośrodku ekranu.

Tamtej nocy przewracałem się w łóżku przez godzinę, aż w końcu zakradłem się do salonu i włączyłem telewizor. Gdy odbiornik wydał głośny dźwięk, byłem pewien, że jedno z dziadków zaraz przyjdzie zobaczyć, co to za hałas.

Kiedy czekałem, aż pojawi się obraz, zauważyłem po raz pierwszy, jaki to stary odbiornik. Zastanawiałem się, czy babcię martwi, że dziadek nie może sobie pozwolić na kupienie nowego. Z pewnością martwiło mnie.

Siedziałem tuż przed ekranem, trochę za blisko, jeśli chciałem uniknąć raka albo ślepoty. Wkrótce obsada mojego nowego życia na farmie stała się kompletna: dziadkowie, Taylor i jego rodzina, nieznajomy z sąsiedztwa i moi trzej nowi koledzy: Johnny, Ed i Doc.

Tamtej nocy oglądałem „The Tonight Show" i co najmniej na godzinę uciekłem od farmy i moich myśli. Gapiłbym się tak do rana, ale stacja skończyła nadawanie i pojawiła się amerykańska flaga, a w tle rozbrzmiał „Gwiaździsty sztandar".

I znowu byłem sam.

Dziesiąty

Kiedy powiedziałem Taylorowi, że moi dziadkowie włączają telewizor tylko raz w tygodniu, i to na Lawrence'a Welka, był wstrząśnięty. Jego rodzice pozwalali mu oglądać co chciał, pod warunkiem, że latem wypełnił domowe obowiązki, a w czasie roku szkolnego odrobił lekcje. Co wtorek oglądał „Szczęśliwe dni" i „Laverne & Shirley". Mógł późno kłaść się spać, kiedy pokazywano „Mydło". Taylor wyjaśnił mi, że to serial o lalce i pewnym gościu, który sądził, że jest niewidzialny. Brzmiało mi to dziwnie, ale nawet lalki byłyby lepsze od Lawrence'a Welka.

Ale chociaż telewizja była dla mnie świetnym pretekstem, żeby nocować u Taylora, prawdziwym powodem, dla którego chciałem spędzać u niego więcej czasu, było to, że Ashtonowie traktowali mnie jak syna. Wyobrażałem sobie, że tam mieszkam. W moich marzeniach Taylor i ja robiliśmy co chcieliśmy, i obaj byliśmy tak znudzeni Disneylandem, że wręcz błagaliśmy jego rodziców, żeby zabrali nas w inne miejsce.

– Babciu, idę do Taylora na noc – oznajmiłem, ruszając do drzwi późnym wrześniowym popołudniem, z przewieszonym przez ramię zielonym, zniszczonym plecakiem z demobilu, który dostałem od dziadka.

– Nie, Eddie. Spędziłeś tam ostatnio trzy z siedmiu nocy. Na pewno mają cię już dość.

– Ashtonowie nie mają nic przeciw temu, żebym u nich nocował. Naprawdę. Zadzwoń i sama ich spytaj, jeśli chcesz. – Wypróbowałem taktykę Taylora.

– Są na tyle uprzejmi, że nie powiedzą nic innego. – Babcia nie poddawała się tak łatwo. – Musisz dzisiaj zostać w domu. Zrobię kanapki z mięsem i keczupem.

– Nie chcę kanapek. Stan i Janice chcą nas zabrać do restauracji. Już to wcześniej zaplanowaliśmy!

Upłynęła dłuższa chwila, zanim babcia otrząsnęła się z szoku, kiedy niedbale rzuciłem imiona Ashtonów. Nie spodobało się jej to.

– Przykro mi, że moje dania nie odpowiadają twoim nowym pięciogwiazdkowym gustom, ale może powinieneś najpierw omówić swoje plany z dziadkiem i ze mną. – Ton babci był miły, ale twardy.

– Ale, babciu... – Została mi w magazynku jeszcze jedna kula. – W następnym tygodniu zaczyna się szkoła, więc potem będę tam zostawał na noc tylko w weekendy.

– Nie, Eddie. Nie dzisiaj. Nie będziesz tam nocował, dopóki nie oswoisz się ze szkołą, a my nie przekonamy się, jak ci idzie nauka.

Nie mogłem uwierzyć własnym uszom. Miałem dość. Chwyciłem plecak za pasek i cisnąłem go z rozmachem. Zamierzałem rzucić go tylko na kilka stóp, ale on poleciał przez pokój i rąbnął o ścianę, robiąc w tynku duże wgłębienie.

Babcia przez chwilę patrzyła na mnie z niedowierzaniem.

– Masz wielkie szczęście, że dziadek tego nie widział. – Łagodność zniknęła z jej głosu.

– Tak, ostatnio naprawdę jestem bardzo szczęśliwy!

Wyrzuciwszy z siebie te słowa, popędziłem na górę do swojego pokoju. Dziadek tylko raz podniósł na mnie rękę, ale nie miałem pojęcia, jak zareagowałby na moje zachowanie wobec babci. Pewnie zbiłby mnie jakimś egzotycznym narzędziem rolniczym.

W głębi duszy wiedziałem, że zasłużyłem na surową karę.

Jakąś godzinę później usłyszałem strzelający gaźnik pickupa, kiedy dziadek zatrzymał się na podjeździe. Hałas przypomniał mi, jak nienawidzę tej starej furgonetki. Po chwili otworzyły się i zamknęły frontowe drzwi, a potem rozległ się przytłumiony, spokojny głos babci. Następnie rozbrzmiał głos dziadka, o wiele mniej spokojny.

– Co zrobił?!

Po cichej odpowiedzi babci dobiegł do mnie już trochę mniej zdenerwowany głos dziadka.

Stopniowo się odprężałem.

Nikt nie wszedł na górę.

Następnego ranka zjawiłem się na śniadaniu, oczekując najgorszego, ale nic się nie wydarzyło. Dziadkowie cicho i miło, choć z lekką rezerwą powiedzieli mi "dzień dobry".

Po śniadaniu poszedłem do salonu i zobaczyłem, że ściana została naprawiona. Gdyby w jednym miejscu nie była trochę bielsza, nikt by nie poznał, że ją zniszczyłem. Najwyraźniej dziadek musiał dać upust gniewowi, machając szpachlą. Na podłodze stało wiadro z farbą.

– Eddie, zdaje się, że masz coś do pomalowania – odezwał się dziadek, nie podnosząc wzroku znad gazety. – Tylko uważaj, żeby nie zachlapać podłogi.

– Tak jest, sir – odpowiedziałem bez krzty sarkazmu. Wtedy po raz pierwszy i ostatni w ten sposób zwróciłem się do dziadka.

Zastanawiałem się, czy oni są równie jak ja nieszczęśliwi, że mieszkam z nimi.

Bałem się spytać, czy mogę iść do Taylora, póki nie zostanie zapomniany incydent z plecakiem, więc przez kilka następnych tygodni on przychodził prawie codziennie na naszą farmę. Dziadkowie traktowali go tak, jak Ashtonowie mnie.

Przyszło mi do głowy, że goszczenie Taylora jest równie fajne jak moje wizyty u niego. Babcia była szczęśliwa, że ma mnie blisko, i wystarczyło zwykłe: „Właśnie idziemy na poszukiwania", żeby wymigać się od obowiązków. Dziadka trudniej było omamić, ale przynajmniej Taylor chętnie mi pomagał.

Pewnego dnia dziadek poprosił nas, żebyśmy przeszli wzdłuż płotu otaczającego farmę i zobaczyli, które miejsca wymagają naprawy. Było rześkie, późnojesienne popołudnie. Taylor i ja mieliśmy wielkie plany, które nie obejmowały sprawdzania tysięcy mil płotu.

– Jest wspaniały dzień, a spacer dobrze wam zrobi – próbował nas przekonać dziadek. – Kto wie, może nawet się okazać, że to niezła zabawa.

Taylor potraktował prośbę mojego dziadka jako okazję do przygody. Ostatecznie nasze zadanie miało nas zaprowadzić w zakątki farmy, których nawet ja nigdy nie widziałem. Babcia zrobiła nam kanapki, my zawinęliśmy je w woskowany papier i schowaliśmy do mojego plecaka. Trochę się wstydziłem z powodu domowego chleba i woskowanego papieru, bo Taylor zawsze miał pieczywo kupowane w sklepie i plastikowe torebki. Liczyłem na to, że nie zauważy, jak żyjemy. Napełniłem manierkę wodą, żartując, że musimy być twardzi jak Lewis i Clark.

W czasie naszej wyprawy dotarliśmy na tyły posiadłości, porośnięte lasem. Płot dobrze chronił farmę przed inwazją krzaków i młodych drzewek, ale odkryliśmy kilka miejsc, gdzie leśna gęstwina zwyciężyła.

Kiedy znaleźliśmy się poza zasięgiem uszu dziadków, postanowiłem powiedzieć Taylorowi, jak bardzo lubię przebywać u niego w domu.

– Twoi rodzice są najlepsi. Czasami żałuję, że nie mieszkam z wami.

– Poważnie? – Taylor wydawał się zaskoczony. – Szczerze mówiąc, wolę być u ciebie. Twoja babcia to najlepsza kucharka na świecie, a dziadek jest zabawny. Kiedyś, jak czekałem aż skończysz jakąś pracę na podwórku, świetnie się bawiliśmy, grając w karty. Było trochę dziwnie, bo twoja babcia wciąż wykrzykiwała z kuchni jego imię.

Oniemiałem. Nie grałem z dziadkiem w karty od ostatniego Bożego Narodzenia. Nie chciałem, żeby Taylor to robił, skoro ja nie mogłem.

– On oszukuje – rzuciłem drwiąco.

– Och, wiem – odparł Taylor rzeczowym tonem, jakbym to ja był naiwny. – Właśnie dlatego jest tak świetnie. Jakiś czas temu wymyślił system. Powiedział, że jeśli zagramy jeszcze kilka razy, dopracuje go i wtedy mnie go nauczy.

Na myśl o tym, że grali ze sobą w karty, ogarnęła mnie wściekłość. Nie byłem zły na Taylora, tylko na dziadka. Taylor był moim przyjacielem i nie podobało mi się, że dziadek z nim rozmawia. Spróbowałem nowej taktyki.

– Tak, z początku wydaje się dość zabawny, ale kiedy poznajesz go lepiej, okazuje się nie taki wspaniały. Po jakimś czasie jego żarty nudzą. Za to twoja rodzina jest świetna. Jeździcie na wspaniałe wakacje. Możesz oglądać wszystkie programy w telewizji, a twój tata powiedział mi, że wkrótce kupicie sobie wideo, więc będziesz mógł nagrywać programy i wciąż je odtwarzać. Co z tobą, Taylor? Twoi rodzice są bogaci. Udało ci się.

– Rzeczy nie zawsze są takie, jakie się wydają, Eddie – wymamrotał Taylor, jakby raczej mówił do siebie.

Wzruszył ramionami i wyprzedził mnie o kilka kroków, co było wyraźnym znakiem, że nie chce więcej o tym rozmawiać.

W rogu zalesionego terenu na płot spadło drzewo, robiąc w nim sporą wyrwę, gdzie mogliśmy usiąść i zjeść lunch. Było to także jedyne miejsce, w którym wewnątrz ogrodzenia nie czuliśmy w żaden sposób, że jesteśmy na farmie. Nie wiem, czy dziadek to zaplanował, ale wyprawa okazała się jedną z naszych najfajniejszych przygód.

– O, rany! – rzucił nagle Taylor.

– Co?

– Tata mnie zabije. Miałem być w domu o trzeciej, a już dawno minęła.

– Powiedz mu, że zapomniałeś. To właściwie prawda. Dokończ ze mną obchód, zostań na obiad, a potem odprowadzę cię do domu, jakby nic się nie stało. Poza tym ja już znam system dziadka – skłamałem. – Nie musisz grać z nim w karty, ja cię nauczę.

– Nie mogę. Idziemy do cioci na jakąś dużą rodzinną uroczystość. Nawet nie wiem, co to za okazja, ale rodzice robą strasznie dużo szumu z tego powodu. Poważnie, jeśli nie pójdę, zabiją mnie.

Wyobraziłem sobie Taylora stojącego z zawiązanymi oczami pod ścianą, a jego rodziców przed nim ze staroświeckimi strzelbami w rękach.

— Masz ostatnią prośbę? — zażartowałem, celując w niego z pikla jak z broni.

— Dziwny jesteś. Sprawy, które są poważne, dla ciebie nie są, a niepoważne są.

— Co? O czym ty mówisz, do licha?

— Mniejsza o to, Eddie. Twój dziadek powiedział, że jeśli skończymy dzisiaj sprawdzać płot, jutro może pojedziemy z nim załatwić jakąś sprawę, więc po prostu mu powiedz, że skończyliśmy. — Wstał, strzepnął okruszki ze spodni i ruszył wzdłuż jedynej części ogrodzenia, której jeszcze nie zbadaliśmy.

Dogoniłem go i obaj potruchtaliśmy w stronę farmy, oglądając płot po łebkach. Mogliśmy przegapić dziury, przez które przeszedłby słoń, ale miałem dużo doświadczenia z niedostrzeganiem tego co trzeba.

❦

Frontowa część płotu była zrobiona z nowej siatki przymocowanej do solidnych metalowych słupów. Zamiast wrócić na podjazd, Taylor wspiął się na ogrodzenie w samym rogu.

— Na razie — rzucił, nie oglądając się. Naprawdę był przestraszony.

Przez chwilę patrzyłem, jak biegnie drogą, a potem zobaczyłem, że coś się dzieje w sąsiedztwie.

Między starym domem a zrujnowaną stodołą na sąsiedniej farmie znajdowała się zagroda. Pola wokół niej tak zarosły, że widać ją było tylko w przerwie między łanami skarłowaciałych, niezbieranych zbóż. Wdrapałem się na płot niedaleko miejsca, gdzie przeszedł Taylor, i ostrożnie ruszyłem przed siebie, żeby zobaczyć, co się dzieje. Byłem pewny, że uda mi się ukryć na polu.

Ten sam stary mężczyzna, którego widziałem wcześniej, stał pośrodku zagrody, plecami do bardzo nieszczęśliwego konia. Jego poplamiony kombinezon był tylko trochę czystszy od twarzy.

— Cii, skarbie, wszystko w porządku. Chodź i weź ten przysmak. — W wyciągniętej ręce trzymał ćwiartkę jabłka. — Chodź. No, śmiało, chodź.

Klacz parsknęła, potrząsnęła łbem i ostrożnie zbliżyła się do człowieka. Obnażyła zęby i szybko, ale delikatnie, wzięła owoc z jego ręki. Nie odwracając się, mężczyzna powoli sięgnął do kieszeni brudnej kraciastej kurtki i wyjął z niej następny kawałek.

– Jeszcze jeden kąsek, kochanie? – spytał głosem, który zapamiętałem z naszego spotkania.

Klacz wzięła owoc i tym razem nie cofnęła się, żeby go zjeść.

Kiedy starzec odwrócił się do niej, spojrzał przez pole w moją stronę i zatrzymał na mnie wzrok dostatecznie długo, by dać mi do zrozumienia, że wie o mojej obecności. Wyjął z kieszeni następny kawałek jabłka, wpatrując się intensywnie w oczy konia. Podsunął mu smakołyk pod nos i delikatnie pogłaskał go po łbie drugą ręką.

– Teraz jesteśmy przyjaciółmi, prawda, kochanie? Nie ma się czego bać. Nikt ci nie zrobi krzywdy.

Koń pokiwał łbem, jakby się zgadzał.

– Eddie, wyjdź stamtąd i przywitaj się z moją nową przyjaciółką – powiedział farmer, nie odwracając głowy.

Zrobiłem kilka kroków przez pole i obejrzałem się na krzaki, w których przed chwilą kucałem. Nie miałem pojęcia, jak zdołał mnie tam wypatrzyć. Wspiąłem się na cztery żerdzie tworzące ogrodzenie i usiadłem na najwyższej. Stary podszedł i stanął przede mną.

ŚWIĄTECZNY SWETER

– Chyba nie zostaliśmy sobie oficjalnie przedstawieni – powiedział. – Mam na imię Russell.

Znowu uderzyło mnie, jaki jest brudny. Jego broda nie była właściwie siwa, tylko wydawała się taka z daleka. Naturalną biel pokrywały warstwy brudnego brązu i żółtawe pasma. Russell wyglądał, jakby wyszedł z sepiowej fotografii. Uśmiechnął się, zdjął z głowy kowbojski kapelusz, wytarł pot z czoła brudną chusteczką i zmierzył mnie długim spojrzeniem.

– Russell i co dalej? – Wiedziałem, że dziadkowie będą chcieli poznać jego nazwisko.

– Po prostu Russell.

– Aha. – Po chwili milczenia przeniosłem wzrok na klacz. – Nie sądziłem, że tak łatwo jest oswoić konia.

Konie, z którymi miałem do czynienia, poruszały się górę i w dół, jeżdżąc po okręgu.

Russell się uśmiechnął.

– Jestem trzecim z kolei człowiekiem, który próbuje pomóc tej klaczy. Zawsze tak się dzieje, że trafiam na konie, przy których wszyscy inni się poddali.

Obcy, który mówił tak tajemniczo, powinien wzbudzić we mnie nieufność, ale, co trudno wyjaśnić, on promieniował ciepłem, które napełniało mnie otuchą i poczuciem bezpieczeństwa. Miał na sobie brud wszystkich farm na świecie, ale wydawał się czysty, spokojny. Rozmawiało się z nim jak z kimś, kogo się zna całe życie.

– Więc dał pan jej jabłko? – zapytałem.

– Nie, Eddie. Ja jej tylko pokazałem, że ją kocham. Koniom czasami trzeba o tym przypominać. Ta staruszka przeszła ciężkie chwile, a potem wszyscy się poddali. Była bita, czuła się porzucona. Ja tylko próbuję jej pokazać, że się mylą.

– Jak pan to robi?

– To może zabrzmi śmiesznie, ale po prostu staram się jej przypomnieć, kim jest. Te konie szkoli się dzień po dniu, żeby zapominały emocje i instynkty, z którymi się urodziły. Wszyscy chcą czuć się kochani, ale kiedy czujesz tylko samotność, trudno jest czegoś dokonać.

Zaczynałem się gubić.

– Koń może czuć się samotny?

– Oczywiście, że tak. Konie są bardziej do nas podobne niż sądzisz. Rodzą się z wiedzą, czym mają się stać, ale nie mają pojęcia, jak to osiągnąć ani czym naprawdę są. Założę się, że tak samo jest z tobą, Eddie. Ludzie pewnie cały czas cię pytają, czym chcesz się stać, kiedy dorośniesz, ale to jest niewłaściwe pytanie, prawda? To tak, jakby mówić, że ta klacz to koń roboczy, zamiast powiedzieć, jaka jest naprawdę: dobra, łagodna i wierna. Dostrzegasz różnicę? „Czym" nie ma znaczenia. Ludzie tak naprawdę powinni pytać: „Kim chcesz zostać, kiedy dorośniesz?".

Nadal nic nie rozumiałem.

– Kim chcę zostać? To znaczy kimś takim jak Joe Namath albo Evel Knievel?

– Nie, niezupełnie. – Russell się uśmiechnął. W jego głosie nie było nawet cienia irytacji. – Chodzi mi o to, jakim człowiekiem chcesz się stać.

– Chcę być bogaty i mieszkać daleko stąd. Zamierzam mieć wielki dom gdzieś w takim miejscu jak Nowy Jork. Kupię sobie najnowocześniejszy samochód, nowy telewizor i wszystko co zechcę.

– O, rany – mruknął Russell, odwracając się do konia. – Brzmi tak, jakbyś wszystko sobie przemyślał.

– Tak. Po prostu muszę się stąd wydostać, uciec od tych wszystkich ludzi, którzy ciągną mnie w dół.

Russell milczał przez chwilę, głaszcząc łeb klaczy.

– Skoro sobie wszystko przemyślałeś, musisz wiedzieć, kim jesteś.

– Już panu mówiłem. Jestem Eddie. – Na cierpliwość Russella odpowiadałem jej brakiem.

– Nie o to mi chodziło. Na pewno zdajesz sobie z tego sprawę. – Teraz grał na moim ego. – Ale większość ludzi nie jest taka jak ty. Oni nie wiedzą co będą robić ani gdzie będą mieszkać albo co przyniesie jutro. Po prostu są w ruchu i mają nadzieję, że po następnej przeprowadzce, w następnej pracy albo następnego dnia będą szczęśliwi. Lecz ktoś taki jak ty dostaje co chce. Dlatego udało ci się ułożyć wielki plan.

Nie całkiem rozumiałem, dlaczego zbieram tyle komplementów. Ale podobały mi się.

– Jasne. Wszystko sobie ułożyłem.

– To dobrze. Wiesz, że ludzie powinni być szczęśliwi, Eddie? Ale czasami trudno jest osiągnąć szczęście, jeśli pozwalasz sobie stać się kimś, kim nie jesteś.

Teraz zaczynałem rozumieć, o czym mówi Russell.

– Tak, mój dziadek jest taki zajęty przekonywaniem siebie, że jest szczęśliwy, że nawet nie zauważa, ilu rzeczy nie ma.

– Naprawdę? – Russell wydawał się szczerze zainteresowany.

— Tak. Kiedyś myślałem, że jest fajny i zabawny, ale teraz wiem dokładnie, kim jest: starym człowiekiem, który oszukiwał siebie, myśląc, że odniósł sukces. Nawet nie dostrzega, że nie znajdzie się szczęścia na ulicy pełnej farmerów i prostych ludzi. Mógłby mieć o wiele więcej niż głupią, małą farmę. Gdzieś tam jest cały świat, ale on tkwi tutaj uwięziony z bandą nieudaczników, wśród złych wspomnień i staroświeckich obyczajów.

Widziałem po sposobie, w jaki Russell słucha, że dokładnie wie, o czym mówię. Czułem się bystry, dzieląc się z nim przemyśleniami, których moi dziadkowie nigdy by nie zrozumieli. Byłem zaskoczony, że człowiek wyglądający jak Russell ma w sobie to „coś". Ale tak właśnie było.

— Chłopcze, przykro mi słyszeć takie rzeczy o twoich dziadkach – rzekł Russell ze współczuciem. – Szkoda, że nie potrafią się niczego nauczyć od kogoś takiego jak ty, od kogoś, kto wie czego chce, idzie, i to bierze. I wiesz, że odniesiesz sukces, bo rozumiesz, że świadomość „kim" jesteś doprowadzi cię do szczęścia, a „czym" i „gdzie" same trafią na swoje miejsce. Gdyby twoi dziadkowie to zrozumieli, mogliby być równie szczęśliwi jak ty. Może nawet odnieśliby podobny sukces. – Russell umilkł na chwilę i odwrócił się do konia. – Oczywiście, ta staruszka to wszystko zrozumie, kiedy jej przypomnę, że jest kochana.

– Jestem bardzo szczęśliwy – zapewniłem skwapliwie. – A dziadkowie wciąż mi mówią, że mnie kochają.

– Z pewnością, ale nie wiedziałem, że o tym rozmawialiśmy.

– Nie rozmawialiśmy. Po prostu to powiedziałem.

– Tak, jasne. Wiesz, Eddie, wydajesz się bystrym dzieciakiem, więc pozwól, że zapytam cię o radę.

– Dobrze. – Udawałem obojętność, ale byłem zadowolony, że Russell ma o mnie takie wysokie mniemanie.

– Cóż, przeszedłem długą drogę z tym koniem, ale nadal nie mogę go przekonać, żeby całkowicie mi zaufał.

Wyjął z kieszeni następny kawałek owocu i podsunął go zwierzęciu pod nos. Klacz gwałtownie cofnęła głowę. Russell trzymał jabłko bez ruchu. Koń ostrożnie pochylił łeb i wziął je do pyska.

– Mówiłem ci, że przeszła ciężkie chwile – rzekł Russell – ale chodzi o coś głębszego. Kiedy się urodziła, właściciele wychowywali ją na farmie razem z całym stadem. Potem farma została sprzedana, a nowi nabywcy rzadko się na niej pojawiali. – Russell odwrócił się twarzą do mnie. Był prawie tak dobrym gawędziarzem jak dziadek. – Zatrudnili kogoś, żeby dbał o konie, ale on okazał się podłym człowiekiem, którego bardziej interesowało dręczenie zwierząt niż karmienie ich albo oporządzanie.

Wyobraziłem sobie, że łagodna klacz, która stała przede mną, była źle traktowana. Ogarnął mnie gniew. Chciałem jej pomóc.

– Pewnego dnia jeden ze starszych koni zachorował – ciągnął Russell. – Zamiast go pielęgnować, żeby wrócił do zdrowia, dozorca chwycił strzelbę i zabił go na oczach tej biedaczki. Wyobraź sobie, że jesteś świadkiem, jak twój przyjaciel ginie bez powodu.

Zalały mnie wspomnienia: błyski jasnego światła i głośne syreny. Ojciec, kruchy i słaby w szpitalnym łóżku, zmęczona mama za kierownicą naszego samochodu.

– Chwilę później straszna burza zerwała dolną część płotu otaczającego zagrodę. Do głosu doszedł instynkt i konie uciekły na wolność przez wyrwę w ogrodzeniu.

Właśnie wtedy znalazłem ją w lesie, samotną i wystraszoną.

Ze zrozumieniem spojrzałem na klacz.

– Chciałem ją kupić, więc poszedłem do dozorcy. Złożył mi ofertę, której nie mogłem odrzucić, i od tamtej pory się nią opiekuję.

Russell wyjął kolejny kawałek jabłka.

– Niestety, miała tak złe doświadczenia, że nigdy więcej nie zaufała człowiekowi. – Klacz nerwowo podrzuciła łbem. – Codziennie okazuję jej miłość, ale myślę, że ona utożsamia ją ze strachem. Tak więc, Eddie, chętnie skorzystam z twojej rady. Jak mam jej uświadomić, że nie wszyscy chcą ją skrzywdzić?

Tak mnie wciągnęła ta historia, że zapomniałem, że Russell szuka mojej pomocy. Próbowałem wymyślić jakąś bystrą odpowiedź.

– Nie wiem. Chyba po prostu musi pan trzymać się tego, co już pan robi. Ona na pewno w końcu zrozumie, że to, co się stało, to nie była jej wina, i że jest pan jej przyjacielem.

Byłem zakłopotany, że nie udzieliłem lepszej rady, ale Russella najwyraźniej zadowoliła moja odpowiedź.

— Wiesz, Eddie, masz absolutną rację. Po prostu muszę dalej robić to samo. Dzięki.

Rozpromieniłem się w duchu, ale nie chciałem przeciągać struny.

— Dziadkowie na mnie czekają — powiedziałem, zeskakując z płotu.

— Przyjdź znowu, Eddie — rzucił za mną Russell.

Nie musiałem obiecywać, że przyjdę.

Tamtej nocy wymknąłem się na dół, żeby obejrzeć Johnny'ego Carsona. Kiedy wszedłem do salonu, zobaczyłem że oświetla go zielonkawy, migający blask telewizora. Dziadek siedział na stoliku do kawy, nosem prawie dotykając ekranu

— Dziadku?

— Cii — uciszył mnie, przykładają palec do ust. Potem przesunął się na stoliku, robiąc mi miejsce.

Usiadłem obok niego i razem w milczeniu oglądaliśmy program. Mieliśmy ochotę się śmiać, ale baliśmy się, że nakryje nas babcia. Czułem twardość silnego ramienia dziadka przy moim kościstym. Na jeden odcinek „El Dorado" wróciły ciepłe uczucia, które dzieliliśmy tak dawno temu. I choć patrzyłem w telewizor, tak naprawdę widziałem odtwarzającą się w mojej głowie historię ostatniego roku.

Chciałem wrócić, ale nie wiedziałem jak, więc tylko siedziałem.

Jedenasty

– Potrzebuję dzisiaj twojej pomocy – oznajmił dziadek wesołym tonem następnego ranka przy śniadaniu.

Gdy już zjedliśmy i sprzątnęliśmy naczynia, zaprowadził mnie do mniejszej z dwóch stodół. Lewa połowa została uprzątnięta i zamieniona na magazyn wyrobów babci, która wciąż coś szyła, robiła na drutach albo tkała. Mój obecny pokój był kiedyś pracownią krawiecką babci. Kiedy się wprowadziłem, dziadek zabrał wszystkie jej rzeczy i przeniósł do warsztatu.

Prawa część stodoły należała do niego. Granica między porządkiem a bałaganem oddzielała je lepiej niż ściana. Dziadek zaprowadził mnie w najdalszy róg pomieszczenia i ściągnął stare prześcieradło z czegoś, co mi wyglądało na stertę rupieci.

– Co robimy, dziadku?

– Budujemy świąteczny prezent dla twojej babci – odparł i zaraz dodał tonem żartobliwego ostrzeżenia: – Oczywiście to sekret.

Całkiem zapomniałem, że święta będą już za miesiąc. Stało się tak pewnie dlatego, że zima do tej pory była wyjątkowo ciepła. Kiedyś zazdrościłem dziadkom, że zawsze mieli więcej śniegu niż my. Choć nie mieszkali aż tak daleko, linia śniegu na mapie pogody przebiegała między nami. Wiele razy zdarzało się, że my byliśmy zalewani deszczem, a oni mieli zaspy po górę ganku.

Czasami wyobrażałem sobie, że ucieakam i wprowadzam się do nich, żeby mieć więcej prawdziwej zimy i dni wolnych od nauki. Wyobrażałem sobie, jak dziadek i ja wstajemy wcześnie, robimy na podwórku fort ze śniegu i przez cały dzień pijemy gorącą czekoladę. Dziadek pewnie nie kazałby mi nosić woreczków na buty. Wyglądało to jak sen.

Ale teraz, kiedy zamieszkałem w tym "śnie", zrozumiałem, jak bardzo się myliłem. Owszem, nie było

ŚWIĄTECZNY SWETER

woreczków na buty, ale również nie było śniegu. Ani cala. Przez cały rok. „Rzeczy nie zawsze są takie, jakie się wydają", rozbrzmiał mi w głowie głos Taylora.

Dziadek wręczył mi papier ścierny i pokazał stos przyciętych kawałków drewna ułożonych na podłodze i na stole roboczym.

– Powinny być gładkie jak kamień w strumieniu. Zacznij od grubszego papieru, a zakończ drobnym, czarnym. Muszę jeszcze przyciąć kilka desek.

– A co właściwie robimy? – zapytałem w nadziei, że wymyślę jakiś sposób, który nie będzie wymagał stosowania papieru ściernego. Nie miałem najmniejszej ochoty tak się męczyć.

– Chyba będzie więcej zabawy, jeśli ci nie powiem – stwierdził dziadek. – Może się domyślisz, kiedy zaczniemy to składać. – Najwyraźniej mnie przejrzał.

– Dlaczego po prostu nie pójdziemy i nie kupimy jakiegoś prezentu? – zaproponowałem. – Babcia na pewno wolałaby coś nowego ze sklepu.

Dziadek spojrzał na mnie, jakby nigdy wcześniej mnie nie widział.

– Na pewno nie. Poza tym, człowiek jest szczęśliwszy, jeśli skupia się na tym, żeby innych uczynić szczęśliwymi. – To były słowa mojej mamy wypowiedziane głosem dziadka.

Zostawił mnie samego. Usiadłem na stołku i przez jakiś czas szorowałem drewno papierem ściernym, aż rozbolały mnie ręce. Było oczywiste, że nigdy nie zostanę rzemieślnikiem. Regularne dźwięki dochodzące z drugiego końca stodoły świadczyły o tym, że dziadek jest zajęty i nieprędko przyjdzie, żeby mnie sprawdzić, więc zacząłem myszkować. Taylor i ja zakradaliśmy się tutaj kilka razy, ale zawsze się bałem, że dziadek nas nakryje. To było jedyne miejsce na całej farmie, do którego miałem zakaz wstępu.

Przeszedłem na porządną stronę stodoły i zacząłem grzebać w rzeczach babci. Na ławie suszyły się kwiaty, wzdłuż ściany ciągnęły się eksponaty jak z muzeum krawiectwa, między innymi stary singer na pedał, połączony skórzanym pasem z dużym metalowym kołem. Zaintrygowany tym, jak on działa, nie zauważyłem, że w warsztacie zapadła cisza.

Obok starych maszyn do szycia stały półki, które dziadek sam zrobił. Leżały na nich bele materiałów, niedokończone kołdry, flanele na piżamy i koszule, wełna i druty. Szczególnie jeden kłębek zwrócił moją uwagę. Wziąłem go do ręki. Kiedy przesunąłem pasmo między palcami – było szorstkie i jednocześnie miękkie – pojawił się dziadek i stanął obok mnie.

– Niektóre z tych rzeczy należały do twojej matki. Robiła na drutach, kiedy miała osiem lat. Zabawnie wyglądała. Druty były prawie takie długie jak jej ręce.

W tym momencie przypomniałem sobie, jak mama co noc robiła świąteczny sweter, na moich oczach. Spojrzałem na dziadka.

– Nie jestem zbyt dobry w szlifowaniu papierem ściernym.

– W porządku, Eddie. Są rzeczy, w których ja też nie jestem dobry. Na przykład w wychowywaniu dzieci. Twoja babcia prawie całą robotę wykonała sama, jeśli chodzi o twoją mamę. Kiedy ty się pojawiłeś, myślałem, że posiadanie wnuka będzie zabawne i łatwe. Miałem rację... przynajmniej przez jakiś czas.

Przez głowę przemknęły mi wspomnienia wypraw na ryby i na lody, gra w karty. Już tak dawno nie robiliśmy żadnej z tych rzeczy.

Teraz było inaczej.

Dziadek milczał, jakby starał się odzyskać panowanie nad sobą. Kiedy znowu się odezwał, jego głos był cichy i niepewny.

– Synu, ty i ja jesteśmy podobni do siebie. Uparci. Zawsze musimy pokazać ludziom, że się mylą, że nie potrzebujmy nikogo oprócz siebie. Cóż, chcę, żebyś wiedział, jak bardzo się myliłem. Próbowałem dać ci nauczkę, a przegapiłem coś, co rzucało się w oczy: że twoja mama była tamtej nocy zbyt zmęczona, żeby jechać. Popełniłem błąd i będę go żałował aż do śmierci.

Chciałem rzucić motek wełny, który trzymałem w rękach, i objąć dziadka. Bardzo pragnąłem, żeby było tak jak wcześniej. Pomyślałem o tym, co mówił Russell. Czy dziadek w ogóle wie, kim jest? Naprawdę jest szczęśliwy? A może czuje się samotny i opuszczony jak ja?

Uprzedził mnie, zanim zdążyłem coś powiedzieć.

– Czasami nasze atuty są również naszymi słabościami. Czasami, żeby być silnym, najpierw musisz być słaby. Musisz dzielić się swoimi ciężarami, polegać na innych, gdy masz kłopoty. To trudne, ale rodzina jest po to, żeby zapewniać ci schronienie przed burzami, które pojawiają się w życiu każdego człowieka.

Włóczka nagle ożyła w moich rękach. Wyobraziłem sobie, jak mama kończy sweter, odgryza ostatnie nitki. Na pewno była z siebie dumna. Potem zobaczyłem, jak patrzy na prezent zwinięty w kłębek i ciśnięty na podłogę w sypialni. Zalały mnie emocje, niezbyt przyjemne. Spojrzałem na dziadka...

I znowu go odtrąciłem.

– Nie chcę żadnej pomocy – warknąłem. – Zabrano mi wszystkich, których kochałem. Nie pozwolę, żeby znowu tak się stało. Nie potrzebuję nikogo. Wiem, kim jestem. Nie jestem taki jak ty i nigdy nie będę. Zamierzam być bogaty. Nie będę z konieczności skąpy dla kobiety, którą kocham, i nie zrobię jej prezentu sam, tylko kupię prawdziwy. Moje dzieci będą miały wszystko co im będzie potrzebne.

Rzuciłem wełnę jakby była wężem, i odwróciłem się, żeby wybiec ze stodoły. Dziadek zastąpił mi drogę i położył dłonie na ramionach. Wiedziałem, że szarpanie się nic mi nie da, więc tylko przybrałem jak najbardziej buntowniczą pozę i wbiłem wzrok w jego pierś.

– Popatrz na mnie.

Nie uniosłem głowy, tylko sam wzrok.

– Po pierwsze, kocham cię, Eddie, i nigdzie się nie wybieram. Twoja babcia również.

– Nie możesz mi tego obiecać, bo nie wiesz! – wykrzyknąłem.

– Masz rację, nie wiem, ale nie można przeżyć reszty życia w strachu, poczuciu winy i gniewu. Podoba ci się to czy nie, życie jest serią wydarzeń, które nie zawsze rozumiemy czy doceniamy. Ani ty, ani ja nie jesteśmy winni temu, co się przydarzyło twojej matce. To był wypadek. Po prostu głupi wypadek.

Byłem na skraju całkowitego załamania. Zawładnął mną ból, żal, złe wspomnienia.

– Eddie, myślę, że nie dostrzegasz różnicy między tym, czego chcesz, a tym, czego potrzebujesz. Nie zawsze dostajemy to, czego pragniemy, ale z pewnością nie potrzebujesz rzeczy, o których ostatnio marzyłeś.

Wszystkie gwałtowne emocje natychmiast zmieniły się w gniew. Powiedziałem najbardziej przykrą rzecz, jaką zdołałem wymyślić:

– Więc pewnie nie potrzebuję mamy i taty.

Próbowałem zapędzić go w kozi róg, bo miałem nadzieję, że mnie zaatakuje. Byłoby nam obu łatwiej, gdybyśmy po prostu przestali rozmawiać, ale dziadek nie zamierzał się tak łatwo poddać.

– Eddie, nie możemy kontrolować tego, co się nam przydarza, ale możemy panować nad własnymi reakcjami. Wszyscy powinniśmy być szczęśliwi. Nawet ty, Eddie, choć czasami trudno ci w to uwierzyć, masz być szczęśliwy. Jeśli nie jesteś, to nie wina Boga ani moja, ani niczyja inna. Tylko twoja.

Jego słowa rozpaliły we mnie ogień. Czym prędzej ruszyłem go gasić, nim zacznie topić chłód, którym się otaczałem, kiedy zagrażała mi dobroć.

– Ty tylko szukasz usprawiedliwień dla Boga i dla siebie. Nie jestem szczęśliwy z własnej winy? Naprawdę? A gdzie był Bóg, kiedy mama nie miała nawet na jedzenie? Gdzie ty byłeś, kiedy mama poświęcała każdą wolną chwilę, żeby z tej wełny zrobić jedyny prezent, na jaki mogła sobie pozwolić? Myślałem, że rodzina powinna się nawzajem wspierać.

– Mówisz niestosowne rzeczy, synu. – Dziadek mnie puścił.

– Nie. Mam rację i dobrze o tym wiesz. – Wyczułem, że w dziadku narastają uczucia, których się nie spodziewałem. Strach? Poczucie winy? Nie wiedziałem, ale nie zamierzałem ustąpić.

Zrobiłem krok do tyłu i położyłem rękę na półce z wełną. Dziadek patrzył na mnie przez chwilę. Widziałem, że podejmuje ważną decyzję.

– Wszyscy proponowali wam pomoc, Eddie. Ale twoja mama ją odrzucała. Nie jesteśmy bogaci, zauważ, ale moglibyśmy zrobić więcej, gdyby nam pozwoliła. Wolała sama się o ciebie zatroszczyć. Nie chciała po nic wyciągać ręki i mieć poczucie, że zawiodła. Myliła się i była uparta. Chyba macie ze sobą więcej wspólnego niż sądziłem.

Choć w dzieciństwie nosiłem do szkoły woreczki na butach, nigdy tak naprawdę nie miałem pojęcia, jak bardzo harują moi rodzice. Dopiero kiedy mama umarła, zaczęło to do mnie docierać.

– Pozwól, że coś ci pokażę. – Dziadek przecisnął się między półkami i maszynami do szycia w kąt stodoły należący do babci. Poszedłem za nim. Stanęliśmy obok siebie przed plandeką z zielonego brezentu, która pachniała jak namiot. Dziadek spojrzał na mnie takim wzrokiem, jakby nie był pewien, czy powinien zrobić to, co zamierza. Wydawało się, że minęła wieczność, zanim powiedział: – Twoja mama nic o tym nie wiedziała. Nie spodobałoby się jej to. Uznałaby, że to przesada.

Chwycił za środek brezentu i ściągnął go jednym ruchem.

Nowiutki huffy.

Zaniemówiłem. To był prezent, o którym marzyłem, ale którego nigdy nie dostałem: jasnoczerwony rower z czarnym winylowym siodełkiem i dużą, wygiętą, chromowaną kierownicą.

Przesunąłem wzrok na opony. W szprychy obu kół wsadzono dwadzieścia kart do gry, żeby przy jeździe wydawały charakterystyczny dźwięk. Od razu rozpoznałem karty. Pochodziły z ulubionej talii dziadka.

Nic dziwnego, że nie chciał ze mną grać tamtego dnia, pomyślałem.

Ogarnęło mnie jeszcze silniejsze poczucie winy. Nie mogłem się ruszyć. W głowie miałem kłębowisko myśli, wspomnień, uczuć.

Ciszę w końcu przerwał dziadek.

– Widzisz, Eddie, czasami prezent, którego najbardziej pragniesz, jest tuż przed tobą, ale musisz znaleźć sposób, żeby go dostać.

Nie mogłem wydobyć z siebie głosu, ale wyraz mojej twarzy mówił więcej niż słowa.

– Babcia wiedziała, że nauczyłem cię paru swoich sztuczek, jeśli chodzi o szukanie prezentów, więc nie chciała, żebym ukrył go w domu. Planowaliśmy dać ci rower zaraz po rozdaniu innych paczek, ale wtedy ty urządziłeś matce awanturę, że nie chcesz zostać na noc. A ja... cóż, chciałem dać ci nauczkę. – Dziadek umilkł, a z jego oczu wolno stoczyły się łzy. – Synu, gdybym wiedział, że zwykły rower może uczynić cię szczęśliwym, dałbym ci go już dawno. Niestety, żadna materialna rzecz nie jest w stanie tego sprawić. Musisz znaleźć to, co zapewni ci trwałe szczęście, ale nie kupisz tego w sklepie.

Słyszałem słowa dziadka, ale wpatrywałem się w huffy'ego. Nie mogłem oderwać od niego oczu. Bałem się, że zniknie, jak wszystko co dobre w moim życiu.

– Widzisz, Eddie, nie jesteś sam. Nigdy nie byłeś. Nie opuściliśmy cię ani twojej matki. I nigdy nie opuścimy.

Miałem ochotę coś powiedzieć, ale nie mogłem poruszyć ustami. Zrozumiałem, jak bardzo się myliłem. Nie byłem na to przygotowany.

— Mnie też dręczą wątpliwości, kiedy myślę o tamtym dniu — ciągnął dziadek. — Co by było, gdybym nie nauczył cię szukać prezentów. Gdybym nie próbował dać ci nauczki. Gdybym zażądał, żebyście zostali. Gdybym dał ci rower. Gdybym nie był taki... uparty.

Powoli przeniosłem wzrok z roweru na dziadka. Oczy miał czerwone, wilgotne i bardzo zmęczone. Przyjrzałem mu się i poczułem znajome pragnienie, żeby rzucić się w jego silne ramiona. Zwalczyłem je resztką sił.

Za każdym razem, kiedy komuś zaufałem, potem cierpiałem. Za każdym razem, kiedy ustępowałem, przeżywałem zawód. Nie chciałem, żeby znowu mnie to spotkało. Postanowiłem odtrącać bliskich, zanim sami odejdą.

Opanowałem się i spojrzałem dziadkowi w oczy.

— Wcześniej wygłosiłeś mi mowę o Bogu i szczęściu, ale spójrz na siebie: nie jesteś szczęśliwy. Oszukiwałeś wszystkich przez ostatni rok, ale nie mnie. Ja widzę cię na wylot. — Nie zamierzałem tak łatwo zrezygnować z gniewu i rozżalenia i z pewnością nie zamierzałem dzielić się nimi z osobą, która, jak przekonałem samego siebie, była ich przyczyną.

Dziadek wyglądał na zaskoczonego, ale zadałem mu jeszcze nokautujący cios.

– Mama by żyła, gdybyś nie zmusił nas do wyjazdu tamtego dnia.

Teraz z kolei on zaniemówił. Wyczułem jego podatność na zranienie, i to uczyniło mnie jeszcze silniejszym.

– Możesz chodzić do kościoła, ile chcesz, ale nikt z tamtych ludzi nie jest szczęśliwy, więc przestań wygłaszać kazania. Przestań mi mówić, jakie wszystko jest wspaniałe, bo „Jezus mnie kocha", i jacy jesteśmy szczęśliwi, bo „Bóg jest z nami", i jaką doskonałą rodzinę stanowimy. To wszystko kłamstwa, bo nie ma Boga. Jezus wcale cię nie kocha. Jezusa nic nie obchodzi.

Moje słowa zawisły w powietrzu, jakby zostały schwytane przez zakurzone krokwie starej stodoły. Po policzkach dziadka znowu zaczęły płynąć łzy, ale ja byłem bezlitosny.

– Tylko ja jeden jestem prawdziwy w tej rodzinie. Wiem, kim jestem. Będę szczęśliwy, kiedy znajdę się daleko stąd, kiedy przestanę się martwić, że inni robią głupie rzeczy, jak zmuszanie zmęczonej córki do prowadzenia samochodu.

Wybiegłem ze stodoły, żeby ukryć łzy. Dziadek został sam z rowerem i wełną na tysiąc swetrów.

Patrzyłem w sufit sypialni, gładki i biały, w przeciwieństwie do spękanego i pełnego zacieków w moim dawnym pokoju. W domu, gdzie było moje miejsce. Powinienem płakać, ale nie mogłem. Nie czułem smutku.

Pomyślałem o rowerze i o wszystkim, co on symbolizował: nadziei i szczęściu, śmierci i rozpaczy. W uszach dzwoniły mi słowa dziadka: „Musisz dzielić się swoimi ciężarami, polegać na innych... Wszyscy mamy być szczęśliwi".

Dla mnie były to tylko słowa, a ja już skończyłem z pustym gadaniem. Russell miał rację, że uświadomienie sobie „kim" się jest prowadzi do „czym" i „gdzie". Znałem wszystkie trzy odpowiedzi. Farma moich dziadków była „czym" i częścią „kim". Teraz nadszedł czas, by pokazać wszystkim „gdzie".

Wstałem z łóżka i podszedłem do komody. Miała pięć szuflad, ale używałem tylko czterech. Sweter leżał w piątej, na samym dnie. To była jedyna rzecz, która się tam znajdowała.

Na ścianie nad komodą wisiało lustro, ale unikałem patrzenia sobie w oczy. Wewnętrzny głos mówił mi, że idę złą drogą i że powinienem zacząć od nowa z dziadkami, ale go zlekceważyłem. Łatwo było oszukać innych ludzi, jednakże z jakiegoś powodu lustro utrudniało mi okłamywanie samego siebie.

Wyjąłem sweter, przysunąłem go do twarzy i głęboko wciągnąłem zapach matki. Czułem się kompletnie, całkowicie zagubiony. Moje stare życie zniknęło, a ona wraz z nim. Przepełniał mnie żal.

Nie miałem nawet szansy się pożegnać.

Dwunasty

Nie tracąc czasu, dziadek zaczął tam, gdzie poprzedniego dnia skończyliśmy po wyjściu ze stodoły. Następnego ranka po śniadaniu, kiedy babcia zmywała naczynia, poszedł za mną do salonu.

– Jak myślisz, kogo ranisz? – zapytał starannie kontrolowanym głosem. Jego oczy, poprzedniego dnia stare i zmęczone, teraz były stalowoniebieskie.

– Po prostu próbuję się stąd wydostać.

– Niestety, zostaniesz tutaj jeszcze przez jakiś czas. Mówiłem ci wczoraj, że nigdzie się nie wybieram, i ty także, synu. A zatem musimy jakoś dojść do porozumienia. To nie podlega negocjacjom. Będziesz mnie słuchał i szanował swoją babcię. Ona jest najlepszą, najłagodniejszą, najserdeczniejszą istotą na świecie. Dość już wycierpiała. Ja poradzę sobie z twoją samolubną nienawiścią, ale przysięgam, że jeśli jeszcze raz złamiesz serce tej kobiecie, odpowiesz za to przede mną.

Zerknąłem w stronę kuchni. Babcia stała zwrócona plecami do nas, pochylona nad zlewem. Przez chwilę czułem się winny, że przysparzam jej zmartwień, ale to uczucie szybko minęło.

– Trzymaj się z daleka ode mnie, to ja będę się trzymał z daleka od ciebie – warknąłem.

– Nic z tego, Eddie. Zamierzam nauczyć cię kochać, choćbyś nie wiem jak ze mną walczył. Nie chciałbym jednak, żeby to się działo w taki sposób. Wolałbym śmiech i chodzenie na lody do sklepu żelaznego. I żeby babcia nas pytała, gdzie byliśmy przez ostatnie trzy godziny. Pokazałbym ci resztę świątecznych kryjówek, które znalazłem przez lata. Ale przede wszystkim chcę odzyskać najlepszego przyjaciela.

Nie mogłem uwierzyć własnym uszom. Kolejny wykład. W dodatku jeszcze nie skończył.

– Jeśli nadal będziesz kroczył tą samolubną ścieżką, twój wybór, ale to zły wybór. Tak czy inaczej, ja się stąd nie ruszam. Zawsze będę czekał tutaj z otwartymi ramionami, gotowy ci pokazać, jakie dobre może być życie, kiedy dopuścisz do niego kogoś jeszcze. Do tego czasu będę cię obserwował jak jastrząb. Nie zwiedziesz mnie, Eddie. Rozumiem cię lepiej, niż ty sam siebie rozumiesz.

– Obserwuj mnie, jeśli chcesz. Nie obchodzi mnie to. Może czegoś się nauczysz. Poza tym, jest tutaj tylko jedna osoba, która jest bliska zrozumienia mnie, i to nie jesteś ty.

Dziadek przez chwilę wyglądał na zdezorientowanego, potem zerknął w stronę kuchni.

– To nie babcia – rzuciłem z pogardą, której wcale nie czułem. – Mówię o Russellu.

– O kim?

– O Russellu. Mężczyźnie, który mieszka obok.

– Eddie, nie wiem co chcesz osiągnąć, ale może przestań wygadywać bzdury o tym całym Russellu. Poszedłem tam kilka razy z sąsiadami i nikogo nie widzieliśmy. Żadnego śladu, że Johnsonowie sprzedali farmę.

– Najwyraźniej nie znacie się tu wszyscy tak dobrze, jak myślałeś. Russell tam mieszka i wszystko rozumie. Wie, kim jestem.

Dziadek spiorunował mnie wzrokiem.

– A ja już nawet nie wiem, kim jesteś, Eddie. Nie mam pojęcia, czy naprawdę kogoś widziałeś, czy po prostu wszystko zmyślasz. Jeśli tak, daruj sobie. I trzymaj się z daleka od famy Johnsonów. Nie masz po co tam chodzić beze mnie.

– Dobrze – odparłem, choć wiedziałem, że tego nie zrobię. W tym momencie uświadomiłem sobie, jak bardzo pogorszyła się moja relacja z dziadkiem. Biedak już nie mógł ufać swojemu wnukowi.

Nabrałem zwyczaju robienia czegoś zupełnie przeciwnego, niż kazał mi dziadek.

Poszedłem na farmę Johnsonów, dotarłem do zagrody. Klacz była na zewnątrz. Patrząc, jak przechodzę, pozdrowiła mnie parsknięciem i machnięciem ogona. Zwierzę, wcześniej tak narowiste, teraz stało się zupełnie inne, łagodne jak baranek.

Dolny schodek prowadzący na ganek zbutwiał, więc musiałem wskoczyć na następny stopień. Na werandzie zatrzymałem się, żeby posłuchać zaśniedziałego

ŚWIĄTECZNY SWETER

miedzianego dzwoneczka wiatrowego, który wisiał przy drzwiach. Poruszony przez lekki wietrzyk, wydał kilka brzęknięć i parę niemelodyjnych tonów. Zastanawiałem się przez chwilę, czy nie powinienem odwrócić się i pójść do domu.

Jakiego domu?

Podarte siatkowe drzwi otworzyły się ze skrzypnięciem. Po krótkim wahaniu zapukałem. Na deski posypały się płatki starej farby. Ponownie wyciągnąłem rękę, bo uznałem, że nikt nie usłyszał mojego pukania. I wtedy usłyszałem łagodny głos.

– Cześć, Eddie.

O dziwo, wcale się nie przestraszyłem.

– Cześć, Russell.

– Właśnie zamierzałem trochę odpocząć. Chodź posiedzieć ze mną chwilę.

Poprowadził mnie przez wysoką, wyschniętą trawę do dużego drzewa, pod którym stała prawdziwa parkowa ławka. Nadal było na niej przyklejone wyblakłe ogłoszenie z książki adresowej.

– To z aukcji. – Russell uprzedził moje pytanie. – Tutaj przychodzę myśleć, kiedy zdrowo się nachodzę. – Uśmiechnął się. – Wszyscy potrzebują miejsca, w które mogą pójść podumać przez chwilę. Cisza jest ważna. Tylko wtedy można usłyszeć szept prawdy.

Nie byłem pewien co odpowiedzieć, więc milczałem.

– Zabawne, ilu ludzi patrzy na pozory i nigdy nie zastanawia się nad głębszym znaczeniem różnych rzeczy – ciągnął Russell ledwo słyszalnym głosem. – Chyba tak jest łatwiej, bo kiedy ślizgasz się po powierzchni, obwiniasz o swoje kłopoty pierwszą osobę, którą spotkasz. Nigdy siebie. – Zrobił pauzę, jakby chciał podkreślić to, co właśnie powiedział. – Może dlatego ludzie nie lubią ciszy. Cisza sprawia, że myślisz, a myśląc, zaczynasz sobie uświadamiać, że nie wszystkie problemy są spowodowane przez kogoś innego.

Russell zamknął oczy. Byłem pewien, że siedziałby w milczeniu przez miesiąc, gdybym tylko czekał, aż znowu się odezwie. Przerwałem niezręczną ciszę, pytając:

– Nie boi się pan, że klacz ucieknie? Zepsuty płot z pewnością jej nie zatrzyma.

Russell zastanowił się nad moim pytaniem, nie otwierając oczu.

– Jeśli dobrze traktujesz zwierzęta, one nie uciekają. Nie są takie jak my. Uciekają od ludzi, którym nie ufają; a my przeważnie od siebie samych.

Znowu zapadło milczenie.

– Chyba skończyłem ze staruszką – rzekł w końcu Russell. – Myślę, że już pamięta, kim jest. I jest szczęśliwa. Nic więcej nie mogę zrobić. Dam jej jeszcze kilka dni, a potem znowu ruszę w drogę.

Jasne, pomyślałem. Wszyscy, którzy są mi bliscy, odchodzą. Czemuż by nie on?

Uniósł głowę i zajrzał mi głęboko w oczy. Odniosłem wrażenie, jakby przeszywał mnie wzrokiem na wylot.

– Co mogę dla ciebie zrobić, Eddie?

– Nic. Przyszedłem się przywitać. – Kłamstwo stawało się moją drugą naturą.

Russell zerwał małe źdźbło trawy.

– Wiesz, Eddie, czasami jesteśmy tak skołowani, że przegapiamy to co oczywiste. Tak pochłaniają nas nasze problemy, że przez większość czasu nie dostrzegamy tego, co...

– Mamy tuż pod nosem? – dokończyłem za niego.

– Tak. Nie widzimy rzeczy, które są najbliżej. Zupełnie jak w starym powiedzeniu: „Widzisz drzewa, a nie widzisz lasu". Teraz jesteś w lesie, ale za blisko drzew, żeby zdawać sobie z tego sprawę. Może powinieneś się cofnąć o krok, żeby zobaczyć szerszy obraz.

Skinąłem głową. Wiedziałem, że Russell zrozumie. Najwyraźniej wiedział, co planuję: zobaczyć cały obraz, oddalając się jak najbardziej od tej zapomnianej przez Boga i ludzi ulicy dziadka.

– Wszyscy jesteśmy złożeni z dwóch części – ciągnął Russell. – Tej, która myśli, i tej, która czuje. Zwykle obie współdziałają ze sobą i wtedy jest dobrze, ale czasami życie uderza nas mocno i jedna część bierze górę nad drugą. Na przykład, bardzo tęsknisz za swoim tatą, prawda, Eddie?

Zdziwiłem się, skąd wie o moim tacie, ale w tym momencie byłem bardziej ciekawy, do czego zmierza.

– Jasne – odparłem ostrożnie.

– Myślisz o nim dużo, ale czy pamiętasz swoje uczucia, kiedy był blisko ciebie? Gdy teraz o nim myślisz, wyobrażasz go sobie w szpitalnym łóżku czy w trumnie na pogrzebie? Zastąpiłeś sny koszmarami.

Trudno mi było zaprzeczyć.

– Zrobiłeś to samo, jeśli chodzi o twoją mamę. Zastąpiłeś dobre wspomnienia naleśników i śmiechu złymi wspomnieniami kłótni i wypadku samochodowego. Musisz przestać tak dużo rozpamiętywać, a w zamian znowu zacząć czuć, nawet kiedy... nie, zwłaszcza wtedy, gdy to boli.

Jak wiele razy wcześniej, w głowie nagle pojawiła mi się wizja mamy leżącej w trumnie. Ale teraz, po raz pierwszy od jej śmierci, byłem w stanie odepchnąć ten obraz i zastąpić go tym, co czułem. Czułem szczęście i ciepło, radość i smutek, ale, przede wszystkim, pragnąłem ją znowu zobaczyć. Po raz pierwszy poczułem, jak bardzo za nią tęsknię.

– Eddie, twoi rodzice wykonali dobrą robotę, starając się nauczyć cię, jak przeżyć życie. Pokazali ci, że nieważne co się stanie, na koniec wszystko będzie dobrze. Ale spójrz, co zrobiłeś z tymi lekcjami: zmiąłeś je w kulkę i rzuciłeś na podłogę.

Odwróciłem wzrok. Wiedziałem, że Russell ma rację.

– Nie żyjesz w teraźniejszości, tylko w przeszłości, Eddie. Życie trzeba kształtować według swoich pragnień, ale ty zrobiłeś coś całkiem przeciwnego. Pozwoliłeś, żeby to ono kształtowało ciebie. Nie wiesz, kim naprawdę jesteś, bo teraz jesteś nikim. Jesteś pusty w środku.

Co?! To śmieszne. Jak Russell mógł coś takiego powiedzieć? Wiedziałem dokładnie, kim jestem. Już miałem mu o tym przypomnieć, on jednak nie był zainteresowany moją opinią.

– Dwa najpotężniejsze słowa w każdym języku to „ja jestem" – mówił dalej. – W tych dwóch słowach zawiera się cała twórcza moc nieba. Tak brzmiała odpowiedź Boga na pytanie Mojżesza: „Jestem, który jestem".

– Nie wierzę w Boga.

Russell patrzył na mnie przez chwilę.

– Jest mu przykro, że to słyszy. Może dlatego, że wymówiłeś jego imię, żeby stworzyć coś, czym nie jesteś. Rzeczywistość, która istnieje tylko dlatego, że ty ją stworzyłeś.

Nie miałem pojęcia, o czym mówi Russell. Musiał dostrzec dezorientację na mojej twarzy, bo zapytał donośnym, władczym głosem:

– Eddie, kiedy ostatni raz szczerze pomyślałeś: „Jestem szczęśliwy", „Jestem silny", „Jestem dobrym człowiekiem", „Jestem wartościowy"?

Moje milczenie powiedziało więcej, niż zdołałyby wyrazić słowa.

– O wiele za dużo czasu poświęciłeś na zmienianie siebie w coś, czym nie jesteś: w ofiarę. Nikt inny nie może uczynić z ciebie ofiary, tylko ty sam... i właśnie to zrobiłeś. Ale możesz jeszcze dokonać innego wyboru. Możesz postanowić zostać zwycięzcą.

Znowu zalały mnie wspomnienia.

Tata uczy mnie puszczać latawiec na ulicy przed naszym domem. Przy każdej kolejnej próbie zza rogu wyjeżdża samochód i latawiec nurkuje w asfalt.

Próbowałem odepchnąć ten obraz.

Tata i ja gramy w piłkę. Potrafił rzucić piłkę tak daleko, że musiałem biec na sąsiednie podwórko, żeby ją złapać.

– Czuj, Eddie, czuj.

Tata i ja idziemy środkiem ulicy w głębokim śniegu, jego twarz jaśnieje w blasku latarni.

Nagłe wrażenie pustki w brzuchu.

– Nie myśl, synu, czuj.

Twarz taty świeci się w jaskrawym blasku szpitalnych lamp. On sam wygląda na słabego i kruchego. Ciemność. Jego pogrzeb. „Niech cię Jego rady strzegą i prowadzą; Bądź bezpieczny w Jego owczarni; Bóg z tobą, póki się znów nie spotkamy".

Choć bardzo się starałem, nie umiałem nic poczuć. Opadły mnie myśli. Fala za falą, wspomnienie za wspomnieniem.

Nie mogłem już dłużej walczyć... wszystko było takie przytłaczające.

Poddałem się. Russell siedział zwrócony plecami do mnie. Klacz jadła delikatnie z jego ręki.

– Masz jasną przyszłość – powiedział. – Tylko musisz w nią uwierzyć.

– Chyba powinienem iść do domu.

Russell się nie odwrócił.

– Tak, Eddie, Właśnie tak.

Tym razem nie powiedziałem dziadkowi o Russellu. Nie miało to znaczenia. Przestaliśmy rozmawiać, chyba że koniecznie musieliśmy. Dziadek uznał, że wszystko co robię jest samolubne, a jego rosnący brak zaufania dawał mi pretekst, żeby być rozgoryczonym, nieznośnym trzynastolatkiem.

Zamiast udawać normalne, szczęśliwe stosunki, odnosiliśmy się do siebie w sposób, który wysysał z naszego domu ostatnią krztę dobroci.

Babcia zasługiwała na coś lepszego.

Dziadek nie był dla mnie podły; po prostu przestał się starać być miły. Może czekał, aż dorosnę, a może miał wszystkiego dość. W każdym razie na moją arogancję reagował obojętnością. Surowe słowa i ograniczanie przywilejów rezerwował na chwile, kiedy łamałem zasady albo przekraczałem granicę, wyładowując gniew na babci.

Nie otrzymując współczucia w domu, szukałem go u Ashtonów

– Nie mogę tam wytrzymać, Taylor – powiedziałem mu kiedyś w szkole na przerwie.

– A dokąd pójdziesz? – spytał zgodnie z moim oczekiwaniem.

– Gdybym trochę odetchnął, może wszystko by się ułożyło.

– Porozmawiajmy z moimi starymi – zaproponował.

Nareszcie.

Trzynasty

Lekcje skończyły się dziesięć dni przed świętami, ponieważ Boże Narodzenie przypadało w niedzielę. Dziadek wybrał się na swoje coroczne trzydniowe polowanie trochę później niż zwykle, co dawało mi doskonałą okazję, żeby wreszcie wprowadzić mój plan w życie.

– Babciu, mogę zostać u Taylora na kilka nocy? Jego rodzice już się zgodzili. – Dziadek nigdy by na to nie pozwolił, ale babcia była miękka. Nadal żywiła mylne przekonanie, że się poprawię, a ja wykorzystałem to przeciwko niej.

Ku mojemu zaskoczeniu nie odpowiedziała od razu. Już zacząłem myśleć, że jednak się przeliczyłem.

– Dziadek by tego nie pochwalił, ale ja ci ufam, Eddie. – Spojrzała mi głęboko w oczy i dodała: – Znam twoje serce. Skoro to tylko na kilka nocy...

Hura! Wydałem ciche westchnienie ulgi.

Pobiegłem do sypialni, otworzyłem okno i dźwignąłem na parapet worek marynarski, który wykradłem ze stodoły. Było w nim prawie wszystko co posiadałem, i kilka rzeczy, które do mnie nie należały, wciśnięte w każdą kieszeń i zakamarek. Przepychając worek na drugą stronę, miałem nadzieję, że nie narobi zbyt dużo hałasu, kiedy spadnie na ziemię.

– Dobranoc, kochanie – powiedziała babcia, kiedy Ashtonowie podjechali continentalem.

Byłem zaskoczony, że nikt nie zapytał, dlaczego po prostu nie pójdę na piechotę, tak jak setki razy wcześniej. Podczas gdy babcia rozmawiała z panią Ashton, Taylor otworzył drzwi od strony pasażera i pomógł mi władować worek do środka.

Poczułem, że wreszcie uciekłem.

Pan Ashton był w jednej z krótkich podróży służbowych, więc Taylor i ja zaczęliśmy traktować jego matkę jak członka rodziny królewskiej. Robiliśmy jej śniadanie, wynosiliśmy śmieci, zmywaliśmy naczynia bez proszenia, a nawet odkurzyliśmy dywany.

Przez cały czas obserwowaliśmy ją jak jastrzębie i czekaliśmy na moment, kiedy będzie w doskonałym nastroju. Zdarzyło się to dwa dni później, około czwartej po południu. Kiedy weszliśmy, pani Ashton oglądała telewizję z uśmiechem na twarzy i kryształowym pucharkiem w ręce.

– Mamo, Eddie i ja chcemy z tobą o czymś porozmawiać – zaczął Taylor.

– Oczywiście. – Jego matka nie odrywała wzroku od ekranu. – O co chodzi?

Taylor spojrzał na mnie. Przyszła kolej na mój występ. Nie potrafiłem nawet zliczyć, ile razy go już przećwiczyłem.

– Janice, moi dziadkowie są nieszczęśliwi i ja też – oznajmiłem spokojnym tonem.

Pani Ashton przestała się gapić w telewizor i spojrzała na mnie. Udało mi się przyciągnąć jej uwagę.

— Są za starzy, żeby mnie zrozumieć — ciągnąłem. — Poza tym czuję się u nich źle, bo dziadek chce spokoju i ciszy, a ja jestem dla nich tylko ciężarem.

— Och, Eddie, to na pewno nieprawda.

— Prawda, Janice, uwierz mi. Próbowałem wszystkiego, ale już nie potrafimy się dogadać. Uważam, że wszyscy troje bylibyśmy dużo szczęśliwsi, gdybym mógł zamieszkać z wami. Dziadkom by to odpowiadało. Co prawda, mogliby się do tego nie przyznać, ale sądzę, że w głębi duszy mają nadzieję, że was o to poproszę.

Byłem całkiem przekonujący, bo wierzyłem w swoje słowa. Ponieważ dawno odciąłem się od własnych uczuć, naprawdę myślałem, że dziadkowie będą zachwyceni, jeśli odejdę. Mogliby dalej prowadzić swoje życie, a ja swoje. Poza tym wiedziałem co chcę zrobić i dokąd pójść. Z pewnością nie zamierzałem utknąć na farmie.

Pani Ashton zmrużyła oczy.

— Cóż, Eddie, jeśli twoi dziadkowie rzeczywiście się zgadzają, ja też nie mam nic przeciwko temu. Ale będę musiała porozmawiać ze Stanem, kiedy jutro wróci do domu.

ŚWIĄTECZNY SWETER

Skinąłem głową i spojrzałem na Taylora. Powstrzymanie uśmiechu wymagało ode mnie całej siły woli, która mi jeszcze została.

○○○

Następnego dnia mijał trzeci, odkąd opuściłem farmę. Dziadek wkrótce wracał z polowania. Byłem pewien, że kiedy się dowie o mojej długiej nieobecności, zadzwoni do Ashtonów albo, co gorsza, sam do nich przyjdzie.

Pan Ashton zjawił się w domu wcześnie rano i teraz staliśmy z Taylorem w salonie przed jego rodzicami.

– Eddie, wszystko rozumiemy – powiedziała cicho pani Ashton. – Jesteśmy bardziej niż szczęśliwi, że cię gościmy, ale musimy najpierw ustalić parę rzeczy. Znajdźcie sobie z Taylorem jakieś zajęcie, a tymczasem Stan i ja się zastanowimy.

– Jesteś gotowy na nowego brata? – spytałem z zadowoleniem, kiedy rodzice Taylora wyszli z pokoju.

Długo czekałem na tę chwilę, kiedy wreszcie będę szczęśliwy. Dlaczego więc czułem się jak wtedy, gdy otworzyłem pudełko ze swetrem w świąteczny poranek?

„Wszyscy składamy się z dwóch części. Tej, która myśli, i tej, która czuje".

To był problem. Czułem się świetnie, ale myśląca część mnie wiedziała, że nie dostanę tego, czego się spodziewałem. Dostanę to, na co zasłużyłem.

※

Po lunchu pan Ashton powiedział nam, żebyśmy przygotowali się do wyjazdu.

– Muszę odebrać ze sklepu twoją mamę, Taylor. Może ty i Eddie pojedziecie ze mną? Skoczymy na coś dobrego.

Wsiedliśmy do lincolna, wyjechaliśmy na drogę, minęliśmy farmę Russella. Wkrótce pojawił się dom dziadków. W miarę jak się do niego zbliżaliśmy, osuwałem się na siedzeniu. Miałem nadzieję, że nie wyglądają przez okno.

– Co robisz?! – wrzasnąłem, kiedy pan Ashton skręcił na podjazd przy starym pługu dziadka. Na ganku zobaczyłem babcię.

– Janice i ja przyjechaliśmy tutaj wczoraj wieczorem i spędziliśmy prawie dwie godziny z twoimi dziadkami –

powiedział Stan. – Oni inaczej widzą całą sytuację. Wiem, że trudno ci w to uwierzyć, ale będzie dla ciebie najlepiej, jeśli na razie z nimi zostaniesz.

Przez chwilę myślałem, żeby zaprzeć się nogami o przednie siedzenie i nie wysiadać z samochodu. Czułem się zdradzony. Zranili mnie. Miałem wrażenie, że wbili mi nóż w serce i przekręcili. Chciałem wołać o pomoc. Nie mogłem uwierzyć, że Ashtonowie i dziadkowie spiskowali razem przeciwko mnie. Świadomość, że okazałem się taki naiwny, raniła moją dumę.

Siedziałem w samochodzie, zły i zdezorientowany. Lewa strona mojego ciała była ciepła od grzejnika, ale na ręce i nodze czułem chłód ciągnący od otwartych drzwi. Z całych sił walczyłem ze łzami.

Pan Ashton stał obok lincolna i cierpliwie trzymał opuszczone przednie siedzenie, żebym mógł wysiąść.

Taylor siedział obok mnie i patrzył w podłogę. Zastanawiałem się, czy on też mnie zdradził.

Przez głowę przebiegały mi dziesiątki nienawistnych myśli, ale nie wypowiedziałem żadnej na głos. Prawdę mówiąc, przez następną dobę nie odezwałem się ani słowem.

— Eddie, proszę, porozmawiaj z nami...

Babcia znowu powtórzyła swoją przemowę, jak bardzo kochają mnie oboje z dziadkiem, i Ashtonowie również. Czuli się zranieni i rozczarowani, ale przede wszystkim byli zaskoczeni. Nie mogli zrozumieć, jak mogłem myśleć, że będą szczęśliwsi, jeśli odejdę.

Dziadek wydawał się trochę łagodniejszy niż przed moim odejściem, ale nie roztkliwiał się tak otwarcie jak babcia. Wtedy o tym nie mówił, ale dokładnie wiedział, kim jest Stan Ashton: gościem z wielkiego miasta, który kazałby sobie zapłacić za zabrane deski i okna.

— Zbliża się Boże Narodzenie – powiedział mi wieczorem. Najwyraźniej miał nadzieję, że zapomnimy o przeszłości. – Co powiesz na to, żebyśmy się nim cieszyli i rozpoczęli nowy rok ze świeżym spojrzeniem na sprawy?

— Mamy zacząć od nowa? – zapytałem z niedowierzaniem. Dziadek niechcący sprawił, że mój smutek zmienił się w gniew, a ten zmienił kolor mojej twarzy na jaskrawoczerwony. – A przywrócisz mamę i tatę do życia? Zapewnisz mi takie życie, jakie mają inne dzieci? Jakie ma Taylor? Czy mam po prostu zapomnieć o wszystkim, co się wydarzyło?

– Nie zapomnieć, Eddie, tylko wybaczyć. Użalasz się nad sobą, ale większość problemów sam stworzyłeś.

– A co za różnica? Mam trzynaście lat, a moje życie już się skończyło.

W tym momencie między nas wkroczyła babcia.

– Eddie, masz rację. Jesteśmy za starzy, żeby wychowywać nastolatka, ale naprawdę bardzo się staramy. Dużo widzieliśmy i dużo przeszliśmy. Wiemy, że z czasem będzie łatwiej, tylko musisz jeszcze trochę wytrwać.

Wstałem i wyjąłem ręce z kieszeni dżinsów.

– Racja. – Zrobiłem zbolałą minę i odwróciłem się do dziadka, ale moje spojrzenie nie mogło konkurować z jego wzrokiem. – Nie chcesz mnie tutaj, a ja nie chcę u was być. I teraz dzięki wam nie chce mnie również mój jedyny przyjaciel.

Okręciłem się na pięcie i pobiegłem do swojego pokoju. Trzasnąłem drzwiami tak mocno, że ze ściany w korytarzu spadło jedno ze zdjęć.

Fotografia mamy.

Niecałą minutę później drzwi się otworzyły i w progu stanął dziadek z workiem marynarskim w ręce. Ja ledwo wlokłem ten ciężar po podłodze, a on z łatwością trzymał go w jednej ręce.

– Siadaj, Eddie.

Opadłem na łóżko i zadarłem głowę, żeby na niego spojrzeć.

– Ten nonsens musi się skończyć dziś wieczorem. Przez ostatni rok widziałem więcej łez twojej babci niż przez całe nasze wspólne życie. Zeszłej nocy powiedziała mi, że chciałaby umrzeć zamiast twojej mamy. Myślisz, że świat jest przeciwko tobie, ale to nie upoważnia cię do traktowania ludzi w taki sposób, jak to robisz. Mieszkasz tutaj, bo jesteśmy rodziną. Nie wyżywaj się na rodzinie.

– Nie mam żadnej rodziny – warknąłem. – Moja rodzina nie żyje.

Jeśli wszyscy byliśmy dziećmi Bożymi, chciałem zranić jedno z nich, tak jak On zranił mnie. Powoli osaczała mnie ciemność.

Wyraz twarzy dziadka zmienił się w jednej chwili. Liczba zmarszczek pozostała ta sama, ale bruzdy stały się wyraźniejsze, kiedy kontrolowany gniew przeszedł w głęboki ból.

– Nie mów tak, Eddie. Nigdy tak nie mów. Jesteś dla nas wszystkim, tak jak byłeś wszystkim dla swoich rodziców. Każdy wybiera własną ścieżkę w życiu. Twoja okazała się trudna, z wieloma zakrętami, ale jeszcze znajdziesz swoją drogę. A my będziemy czekać na każdym zakręcie, żeby ci pomóc.

Niestety, jego słowa nie przyniosły mi pocieszenia. Uświadomiłem sobie natomiast, że mój upór jest silniejszy niż jego dobroć. To była jedna z gier, którą dziadek w końcu musiał przegrać, bo teraz ja miałem swój system.

Już wiedziałem, jak ta gra się skończy.

W piątek przejrzałem wszystkie swoje rzeczy, wcisnąłem do plecaka tyle, ile się zmieściło, i ukryłem go w szafie. We troje spędziliśmy wieczór w milczeniu, schodząc sobie z drogi.

– Jutro Wigilia, Eddie – zagaiła babcia przy kolacji, starając się przełamać lody. – Musisz być choć trochę podniecony. Prezenter pogody mówi, że może w końcu spadnie śnieg!

Jasne, pomyślałem. Tutaj już nie pada.
Ale nic nie powiedziałem.

Kilka godzin później postanowiłem zakraść się na dół, żeby pooglądać telewizję. Nie wiedziałem kiedy następnym razem zobaczę Johnny'ego Carsona, a poza tym byłem zbyt zdenerwowany, żeby zasnąć. Kiedy szedłem na palcach koło zamkniętej sypialni dziadków, coś usłyszałem. Mimo późnej jak na nich pory jeszcze nie spali. Zatrzymałem się pod drzwiami, żeby posłuchać. Przytłumione dźwięki brzmiały tak, jakby pochodziły z mocno ściszonego telewizora. Ale to nie mógł być telewizor, bo mieliśmy w domu tylko jeden odbiornik.

Babcia coś mówiła, szlochając. Głos dziadka był łagodny i kojący. Odwróciłem się i poszedłem do swojego pokoju.

Mosiężny jazgot budzika wyrwał mnie z głębokiego snu. Minęła dłuższa chwila, zanim sobie przypomniałem gdzie jestem i co zamierzam. Przetarłem zaspane oczy i spojrzałem na stary nakręcany zegar, który nastawiłem na trzecią. Na wierzch położyłem skarpetę, żeby wytłumić dźwięk. Teraz wyłączyłem budzik i wstałem z łóżka. Choć byłoby bardziej dramatycznie zrobić linę z prześcieradeł i uciec przez okno, to nie potrzebowałem już dramatów ani emocjonującej historii do opowiadania kolegom. Po prostu chciałem wyjść.

Wyjąłem sweter z dolnej szuflady komody i przyłożyłem do siebie. Teraz pasowałby na mnie idealnie. Podszedłem do lustra wiszącego na ścianie, tego samego, w które nie chciałem patrzeć ze strachu, że zobaczę, kim się stałem. Wetknąłem sweter za jego górny brzeg, tak że całkowicie je zasłonił. Teraz dawny Eddie i jego świąteczny prezent w końcu mogli być razem. Z ulgą po raz ostatni powiedziałem dobranoc im i całemu nieszczęściu, które symbolizowały.

Mimo grubego zimowego płaszcza udało mi się jakoś zarzucić ciężki plecak na ramiona. Włożyłem czapkę i rękawiczki, po czym zszedłem cicho po schodach, po jednym stopniu na raz, omijając te, które skrzypiały.

Gdy dotarłem na dół, odetchnąłem głęboko i wyszedłem przez frontowe drzwi na świat.

Czternasty

Było ciemniej niż się spodziewałem. Śnieg wydawał się odległym wspomnieniem. Suchą, brązową trawę pokrywał lodowy patchwork.

Mój plan zakładał, że pojadę autostopem do miasteczka. Mieszkaliśmy niedaleko fabryki Boeinga, więc nawet o tej porze mogłem się spodziewać, że na szosie będą jakieś samochody. Ale gdy ujrzałem zarys stodoły, wpadłem na lepszy pomysł. Wyjąłem z kieszeni płaszcza latarkę dziadka. Baterie były prawie wyczerpane, ale dawały dość światła, żebym mógł bezpiecznie dotrzeć do szopy. Nie chciałem spowodować hałasu przy otwieraniu drzwi, dlatego przytrzymałem latarkę brodą i uniosłem je odrobinę.

W blasku latarki rzeczy zgromadzone w stodole rzucały długie, niesamowite cienie. Muzeum maszyn do szycia wyglądało jak izba tortur. Ruszyłem w stronę brezentowej płachty okrywającej prezent, którego nigdy nie dostałem. Zdjąłem ją i poczułem przez wełniane rękawiczki chłodny metal kierownicy. Położyłem latarkę na ziemi i wyjąłem karty ze szprych, żeby nikt nie usłyszał jak odjeżdżam. Zauważyłem, że dziadek użył tylko kierów. Wpływ babci, pomyślałem. Zostawiłem karty rozsypane po całej podłodze.

Gdy próbowałem wyprowadzić rower z zagraconego pomieszczenia, nóżka zahaczyła o półki. Motki wełny posypały się na podłogę w zwolnionym tempie. Ostrożnie ruszyłem do wyjścia.

Bałem się, że hałasy obudziły dziadków, ale kiedy zobaczyłem, że dom jest ciemny, a przede mną pojawił się pług, odetchnąłem z ulgą. Wiedziałem jednak, że wkrótce dziadek wstanie i zauważy, że mnie nie ma. Wątpiłem, czy przejmie się moją nieobecnością na tyle, żeby wyprowadzić furgonetkę i ruszyć na poszukiwania, ale babcia to inna sprawa. Jeśli kogokolwiek obejdzie, że zniknąłem, to tylko ją. A potrafiła być bardzo przekonująca, kiedy chciała.

Czy w ogóle ktoś będzie mnie szukał?

Mount Vernon znajdowało się półtorej godziny jazdy samochodem od farmy dziadków. Nie miałem pojęcia, ile czasu zajmie mi pokonanie tej trasy rowerem. Miałem nadzieję, że dotrę tam przed nocą. Na szczęście kilka miesięcy wcześniej Taylor pokazał mi skrót do głównej drogi, prowadzący przez pola kukurydzy obok jego domu. Nie tylko zyskałbym na czasie, ale również trzymałbym się z dala od szosy na wypadek, gdyby dziadek mnie szukał.

Czy w ogóle przyjdzie mu to do głowy?

Skręciłem w lewo, na wąski trawiasty pas biegnący między białą linią a rowem odwadniającym. Kiedy wzrok przyzwyczaił mi się do ciemności, dostrzegłem zarośnięty podjazd Russella.

Z początku jedynymi dźwiękami, jakie słyszałem, było zgrzytanie łańcucha i szum opon. Potem do chóru dołączył szelest wiatru przeczesującego nagie gałęzie drzew. A później mój oddech.

Dom Russella był kompletnie ciemny. Włączyłem latarkę i ruszyłem podjazdem, kierując się w stronę zagrody. Spodziewałem się, że w słabym żółtym promieniu zobaczę śpiącą klacz. Wybieg okazał się pusty.

Zostawiłem rower przy domu i ostrożnie ruszyłem po schodach na ganek. Panowała dziwna cisza. Wycelowałem latarkę w miejsce, gdzie powinien wisieć dzwoneczek wiatrowy. Nic. Zgasiłem światło i zajrzałem przez okno, próbując wypatrzyć w środku jakiś ślad życia. Nic. Skierowałem promień na duże drzewo, pod którym niedawno siedzieliśmy. Ławka parkowa zniknęła.

Podobnie jak Russell.

W tym głupim krowim miasteczku nie został nikt, za kim miałbym tęsknić. Wróciłem do roweru i w blasku księżyca ruszyłem w stronę głównej drogi. Po raz pierwszy w życiu byłem całkowicie wolny. I czułem się wspaniale.

Po kilku minutach pedałowania zobaczyłem podjazd Taylora. Byłem zadowolony, że nie mam czasu wyładować na jego skrzynce na listy wzbierającego we mnie gniewu.

Pojechałem dalej. To, że się nie pożegnałem, musiało wystarczyć za całą zemstę. Przed sobą ujrzałem wąską gruntową drogę, o której opowiadał mi Talyor. Skręciłem w nią. Żwirówka miała głębokie koleiny, a po obu jej stronach ciągnęły się gęste, szare ściany uschniętej i gnijącej kukurydzy. W miarę jak jechałem, znajome farmy ustępowały miejsca nieznanym widokom. Niebo było pogodne, blask księżyca oświetlał dziury w drodze. Nikt mnie nie znajdzie, pomyślałem. Nikt i tak nie będzie szukał. Ta myśl napełniła moje serce gniewem.

Na pustym polu mogłem mówić co chciałem, i nikt mnie nie słyszał. Nikt oprócz Boga. To była dla mnie okazja, żeby dać upust wściekłości.

– Nienawidzę cię! – krzyknąłem. Nocne niebo pochłonęło moje słowa, tak że nawet nie wywołały echa. Zacząłem pedałować szybciej. – Prosiłem cię, żeby moja mama była szczęśliwa, a ty mnie nie wysłuchałeś, tylko ją zabrałeś, kiedy najbardziej jej potrzebowałem. Mój tata był dobrym człowiekiem, a ty w ogóle o niego nie dbałeś.

Zrobiłem pauzę, jakbym się spodziewał odpowiedzi. Na próżno wytężałem słuch. Wyładowałem cały swój gniew, mocniej naciskając pedały.

Czułem się bardzo samotny. Krzyczenie w pustkę sprawiało mi ulgę.

– Prosiłem cię tylko o głupi rower, ale nawet to było dla ciebie za dużo. Jesteś oszustem! Nienawidzę cię!

Tym razem słowa odbiły się od łanów kukurydzy i wróciły do mojego umysłu. Dochodziły zewsząd i jednocześnie znikąd. Głos brzmiał podobnie do mojego, ale myśli nigdy nie miały takiej siły i klarowności.

Czasami dar, którego pragniemy najbardziej, jest w zasięgu ręki, ale musimy zejść z drogi, żeby go dostać.

Zgrzytnąłem zębami i stanąłem na pedałach.

– To nie moja wina! – wydarłem się najgłośniej jak zdołałem, pędząc przed siebie, jakbym chciał prześcignąć ten głos.

Nagle przednia opona wpadła w koleinę, rowerem zarzuciło w bok. Z krzykiem runąłem na ziemię. Nie wiem jak długo leżałem, ale kiedy wreszcie usiadłem, księżyc już zaszedł. Głosy jednak nie umilkły.

„Idź do domu, Eddie. Po prostu wróć do domu".

– Nie! – wrzasnąłem – Ja nie mam domu!

Echo przyniosło słowa, które gdzieś już wcześniej słyszałem. Zwierzęta uciekają od ludzi, którym nie ufają. My najczęściej uciekamy od siebie.

Bo mamy powód, pomyślałem.

Nie mogłem dłużej znieść samego siebie. Zmieniłem się w kogoś, kogo nienawidziłem, i winiłem za to wszystko i wszystkich.

Wstałem ostrożnie i podszedłem do roweru. Łańcuch spadł, przedni widelec i rama były pogięte. I co teraz miałem zrobić?

„Nie można uciec od siebie", wyszeptał głos.

– Założysz się? – rzuciłem wyzywająco.

Zacząłem biec, najpierw gruntową drogą, później polem, niemal na oślep, bo kłujące źdźbła kukurydzy chłostały mi oczy i zasłaniały widok. Dziesięć jardów przede mną w powietrze wzbiło się z dzikim krakaniem stado wron.

Serce dudniło mi tak mocno, że słyszałem je przez gruby płaszcz. Opadłem na kolana i spojrzałem na niebo blednące przed świtem.

– Nienawidzę cię – powiedziałem cicho.

„Kocham cię", odszepnął głos.

Leżałem na ziemi przez dłuższy czas, obolały i wyczerpany. Uciekałem od dziwnych głosów, ale głowę wypełnił mi mój własny.

Dlaczego nie porozmawiałem z dziadkiem?

Dlaczego zawsze się wycofywałem, kiedy on i babcia wyciągali do mnie ręce?

Dlaczego próbowałem zranić matkę?

„Kocham cię", powtórzył głos. „Wracaj do domu, Eddie. Wszystko będzie dobrze".

Jak może być dobrze? Jak cokolwiek może jeszcze być dobrze? W tym momencie popłynęły mi z oczu pierwsze niesamolubne łzy w życiu. Płakałem już wcześniej, ale tym razem szloch pochodził z głębi mojej duszy. Przez głowę przebiegały mi obrazy rodziny. Kochałem ich. Nienawidziłem siebie. Pragnąłem ich wybaczenia.

Spójrz na siebie, pomyślałem. Miałem trzynaście lat i już byłem nieszczęśliwy. Nie tak powinno wyglądać życie. Ale w takim razie jak? Żałowałem, że nie mogę zacząć wszystkiego od początku. Chciałem dostać drugą szansę, ale wiedziałem, że nie ma drugich szans.

Jak ktokolwiek mógł mi wybaczyć po tym wszystkim, co zrobiłem? Jak miałbym spojrzeć dziadkowi w oczy po tym, jak zachowywałem się przez ostatni rok? Byłem pusty w środku i martwy jak pole kukurydzy, na którym stałem. Może tu było moje miejsce. Może to był mój nowy dom.

ŚWIĄTECZNY SWETER

Po kilku minutach wytarłem oczy, podniosłem plecak i ruszyłem śladem połamanej kukurydzy. Nie miałem pojęcia gdzie ani jak daleko dotarłem w swojej szaleńczej jeździe przez pole. Wspiąłem się na małe wzniesienie, dostatecznie wysokie, żebym mógł ogarnąć wzrokiem okolicę. Spojrzałem w stronę, z której przyjechałem, ale droga zniknęła i nigdzie nie widziałem swojego roweru.

Nic nie wyglądało znajomo. Ziemia była płaska, martwa i jałowa, niekończące się połacie brązowej, czarnej i szarej kukurydzy jak okiem sięgnąć. Dopiero gdy obejrzałem się za siebie, zobaczyłem drogę. Ale tę, którą jechałem wcześniej. Była zniszczona i pusta, a na jej końcu majaczyło coś, co napełniło mnie przerażeniem: ciemne, groźne chmury burzowe.

Skąd się wzięły? Dlaczego nie widziałem ich wcześniej?

Wtedy rozległ się nowy, arogancki głos. Wydawało się, że dochodzi z samego pola. „Miałeś rację, Eddie. Boga nic nie obchodzi. Nigdy nie obchodziło". Te słowa były echem moich własnych myśli i powinny dodać mi otuchy, ale ton sprawił, że po plecach przebiegł mi dreszcz.

Odpowiedział mu znajomy, cichy szept. „Bóg cię kocha, Eddie. Wracaj do domu, wszystko będzie dobrze".

„Nie, Eddie", przemówiło znowu pole, głosem rosnącym w siłę. „Tu jest twoje miejsce. Ten zagon kukurydzy jest twoim domem".

Spojrzałem na rozrastającą się chmurę, w której kłębiła się czerń, ciemna zieleń i srebro. Burza wydawała się żywa. Jakby mnie przyzywała.

Pole rzuciło szyderczym głosem, który brzmiał jak mój: „Zasłużę na to, obiecuję".

Jednakże po każdej zuchowatej odzywce kojący szept powtarzał: „Wracaj do domu".

– Nie mogę wrócić do domu! – krzyknąłem. – Nawet nie wiem jak się stąd wydostać.

„Idź w stronę burzy".

Pole zareagowało natychmiast, jakby się przeraziło, że mogę posłuchać szeptu. „Burza cię zmiażdży, Eddie. Zniszczy wszystko, co stanie jej na drodze". Głos z każdą chwilą nabierał pewności i mocy. „Rozejrzyj się, Eddie, jesteś w domu. Tu jest twoje miejsce".

Rozejrzałem się i zrozumiałem, że głos ma rację. Zasłużyłem na to, żeby być w tym miejscu. Nie dawało to pocieszenia, ale przynajmniej wiedziałem, że tutaj nie będzie więcej bólu.

"Jesteś dużo więcej wart", Eddie. Łagodny szept był teraz ledwo słyszalny. Wiedział, że przegrywa. "Tylko musisz zrobić pierwszy krok".

Znalazłem się w pułapce. Przede mną ciągnęła się ścieżka prowadzącą prosto w burzę, która obiecywała tylko śmierć. Za sobą miałem ścianę mroku i żalu. Tak więc stałem w miejscu.

Bałem się iść przed siebie...

Nie byłem w stanie zawrócić.

Piętnasty

Burza zahuczała. Opadłem na kolana i znowu się rozpłakałem. Ale tym razem krzyknąłem:

– Mamo!

Zobaczyłem jej twarz. Poczucie winy, gniewu i wstydu, narastające od śmierci mamy – i długo potem – wylało się ze mnie strumieniem. Przez długą chwilę szlochałem, krztusiłem się i mamrotałem słowa, które mieszały się ze słowami wypełniającymi powietrze wokół mnie.

Potem zacząłem się modlić.

– Boże, wszystko psuję. Proszę, pomóż mi znaleźć sposób, żeby pokazać innym, że żałuję wszystkiego, co zrobiłem, i wszystkiego, czego nie dałem rady zrobić.

Przez głowę przemknęły mi obrazy mamy i taty, babci i dziadka. Już nie obchodziła mnie własna osoba. Pogodziłem się z życiem, które było jak otaczające mnie pole kukurydzy, ale nie mogłem znieść myśli, że nie jestem w stanie zmienić tego, co już się wydarzyło.

Naprawdę nie wiem czego oczekiwałem, ale kiedy otworzyłem oczy, świat nadal wyglądał tak samo: ciemność tuż przed świtem, za mną ściana martwej kukurydzy, przede mną surrealistyczna, groźna burza. Ogarnęło mnie uczucie beznadziei: może już jest za późno?

Jakby w odpowiedzi na moje myśli, znowu rozległ się szept: „Idź w stronę burzy, Eddie".

Coś zaszeleściło za mną w kukurydzy. Odwróciłem się.

– Cześć, Eddie.

To był nowy głos, ale dziwnie znajomy. Z ciemności wyłonił się mężczyzna. W świetle błyskawic przez moment widziałem jego twarz.

– Russell? – Zastanawiałem się, od jak dawna tu jest.

– Wszystko w porządku, Eddie?

Wstałem z kolan, otrzepałem ubranie.

– Nie.

– Dokąd idziesz? – spytał.

— Do domu.

Russell zrobił zdziwioną minę.

— Więc co tutaj robisz?

— Zgubiłem się.

— Niezupełnie.

Spojrzałem na niego.

— Nie?

— Nie. — Russell wbił we mnie wzrok. Było tak, jakby patrzył przeze mnie na wylot. — Jesteś dokładnie tam, gdzie powinieneś być.

— Co to za miejsce?

— To świat, który sam sobie stworzyłeś.

— Ja? — Nie podobało mi się, że jestem autorem takiej pustki i rozpaczy.

— Wiesz, jak się tutaj dostałeś?

Wstydziłem się powiedzieć prawdę.

— Miałem wypadek na rowerze, pobiegłem przez pole kukurydzy, potem droga zniknęła i nadciągnęła burza.

— Nie, Eddie. — Russell uśmiechnął się łagodnie i pokręcił głową. — Wiesz, jak się tutaj dostałeś? — Tym razem te same słowa miały zupełnie inne znaczenie.

„Kiedy wybierasz ścieżkę, wybierasz przeznaczenie", usłyszałem szept.

I wtedy zrozumiałem. Stopniowo, popełniając błąd za błędem, trafiłem na drogę, która prowadziła ku nieuniknionemu.

Znowu dotarł do mnie szept: „Wszystkie podróże, ku dobru albo złu, zaczynają się od małego kroku".

Wszystko zaczęło się dawno temu w świąteczny poranek, kiedy po raz pierwszy zobaczyłem sweter. Wydawało się, że od tamtej pory minęło tysiąc lat. Pokiwałem głową.

– Tak, wiem jak tutaj dotarłem.

Russell powiódł wzrokiem po polu kukurydzy.

– Większość ludzi w którymś momencie odnajduje to miejsce. Ciemność ich przeraża, ale tylko dlatego, że nie potrafią przebić jej wzrokiem. Gdyby zobaczyli, co jest tuż za horyzontem, uświadomiliby sobie, jak blisko są domu. – Wrócił do mnie spojrzeniem. – Znasz drogę do domu?

Wskazałem w stronę burzy.

– Myślę, że jest tam. – Moja ręka drżała.

– Skąd wiesz?

– Po prostu wiem.

– Eddie, ty stworzyłeś ten świat. Ale on nie jest twój. Idź do domu.

ŚWIĄTECZNY SWETER

Spojrzałem na burzę i zadrżałem. Wiatr zawył, niemal jakby burza wyczuła moją słabość i to, że jestem bliski poddania się jej. Russell popatrzył na mnie spokojnie.

– Masz racje, wygląda groźnie. – Było coś pocieszającego w jego słowach. – Zdumiewające, jak źle mogą wyglądać rzeczy, kiedy się na nie patrzy niewłaściwym okiem.

– Niewłaściwym okiem?

– Tak. Patrzysz na burzę tymi samymi oczami, którymi ją stworzyłeś.

Wróciłem myślami do lustra w mojej sypialni. Za każdym razem, kiedy w nie patrzyłem podczas kilku ostatnich miesięcy, musiałem uciekać wzrokiem, gdy moje własne oczy próbowały mi uświadomić prawdę: nienawidziłem siebie, bo obwiniałem o swoje problemy wszystko i wszystkich wokół.

Russell odwrócił się twarzą do mnie.

– Nie bój się burzy, Eddie. Bój się pola kukurydzy. Ono może wydawać się bezpieczne, ale tu jest tylko ciemność i zimno.

Jakby na przekór jego słowom burza w tym momencie jeszcze bardziej się rozszalała. Źdźbła kukurydzy pochyliły się pod nieustępliwym wichrem, ale, o dziwo, w stronę burzy, a nie od niej. Je również stara się przyciągnąć, pomyślałem. Choć sama się nie przesunęła, ryk dochodzący z jej wnętrza brzmiał tak, jakby zbliżał się pociąg towarowy. Zakryłem twarz.

Russell położył silną, zniszczoną dłoń na moim ramieniu. Jego skóra była ciepła.

– W porządku, Eddie, wiatr nie zrobi ci krzywdy. Nic nie może cię skrzywdzić. Idź w stronę burzy.

Gwałtowny powiew przeleciał z wyciem przez niekończące się rzędy martwych łodyg.

– Nie mogę, Russell. Ona jest zbyt potężna.

– Ty jesteś silniejszy.

Skąd on mógł to wiedzieć?

Silne podmuchy wyrywały z korzeniami źdźbła kukurydzy, mieszały się z ziemią i żwirem, wirowały wokół nas. Choć hałas był ogłuszający, Russell nie musiał podnosić głosu ani ja nie musiałem nadstawiać uszu, żeby go usłyszeć.

– Może jeszcze nie wiesz, kim jesteś, Eddie, ale ja wiem. Musisz przejść przez tę burzę. Nie zostałeś stworzony po to, żeby zostać na tym polu. Czeka cię coś więcej i jesteś tego wart.

Nie uwierzyłem mu. Przełknąłem ślinę

– Nie mogę, Russell. Zaczekam, aż burza minie. Tutaj jestem bezpieczny.

Oczy mu zapłonęły. Pokręcił głową.

– Źle zrozumiałeś, Eddie. Ta burza nigdy nie minie. To niemożliwe. Jest twoja. Poza tym, życie nie ma być bezpieczne. Dorastamy tylko poprzez nasze błędy, pomyłki i winy. I dopiero wtedy naprawdę żyjemy. Ale miałeś rację co do jednej rzeczy: to jest droga do domu. Jedyna droga. A ty ją pokonasz. Uwierz mi. Uwierz w to, kim naprawdę jesteś.

– Kim jestem? – rzuciłem pogardliwie. Wstydziłem się prawdy. – Jestem nikim. Ranię wszystkich, którzy mnie kochają.

– Czasami najtrudniejsza część podróży to uwierzyć, że jesteś jej wart.

Jestem wart? – pomyślałem.

Popatrzyłem na Russella. Jego spojrzenie było zdecydowane i pełne miłości.

– Tak. Bez wątpienia, zdecydowanie tak. A teraz idź do domu.

Chciałem. Ale byłem taki słaby. A burza tak potężna.

– Uwierz, Eddie. Wędrowiec jest wart podróży. I jej celu. Tylko zrób jeden mały krok.

Burza wyglądała coraz groźniej. Moje spojrzenie ginęło w jej gigantycznym brzuchu. „Uwierz". Miałem dość kierowania się własną wolą. Właśnie ona mnie tutaj przywiodła. Ale po raz pierwszy w życiu chciałem postąpić właściwie.

Zamknąłem oczy i zrobiłem krok. Znalazłem się w samym centrum burzy. Ryk wiatru wypełnił mi uszy. Już miałem krzyknąć, ale poczułem, że Russell bierze mnie za rękę.

– Jeszcze tyko jeden krok – powiedział spokojnym głosem, o wiele potężniejszym niż wichura. Uwierz.

Zacisnąłem powieki i użyłem całej siły woli, żeby przesunąć stopy do przodu.

Cisza.

Otworzyłem oczy. Znajdowaliśmy się po drugiej stronie burzy. Za nami świeciło słońce. Jego złote promienie odbijały się od złowrogich czarnych chmur. Słyszałem tylko ćwierkanie ptaków i szelest liści. Czarny, ponury świat był teraz jasny, świeży, spokojny. I ciepły.

– Gdzie jestem? – Ze zdumieniem rozejrzałem się po łanach zboża, trawie i niebie. Wszystko wyglądało jak negatyw wyschniętego pola kukurydzy. Jeszcze nigdy nie widziałem tak dziwnej, cudownej palety kolorów. Same barwy wręcz żyły. Czyżbym znalazł się w niebie?

Choć tylko pomyślałem te słowa, Russell pokręcił głową.

– Jesteś po drugiej stronie burzy. Oto, co cię czeka. Nie po śmierci, tylko kiedy rozpoczniesz prawdziwe życie.

– Zdumiewające. – Spojrzałem na swojego przewodnika. Już nie był brudny ani stary, tylko promienny i w nieokreślonym wieku. – Kim naprawdę jesteś, Russell?

Uśmiechnął się.

– Prawdziwe pytanie brzmi, kim ty jesteś?

O dziwo, zrozumiałem. Bez burzy nie mógłbym poznać siebie.

– Czy wszyscy muszą przejść przez tę burzę?

– Tak, wcześniej czy później. Ale nikt nigdy w niej nie zginął, co najwyżej zgubił się w niej. Większość ludzi nie zdaje sobie sprawy z tego, że nie musi walczyć z burzą. Eddie, ty właśnie przestałeś ją karmić, przestałeś dawać jej władzę nad sobą.

Rozejrzałem się znowu. Próbowałem zapamiętać zapachy, dźwięki, spokój, szczęście. Ciepło.

— Jeśli to nie jest niebo, to co to jest?

— Część twojej podróży. W niebie jest inaczej, jeszcze lepiej.

Gdy wymówił to słowo na swój sposób, uświadomiłem sobie, że do tej pory niebo było dla mnie bardziej mitem niż konkretnym miejscem, czymś w rodzaju rajskiego Disneylandu. Marchewką, która miała nakłonić ludzi do czynienia dobra. Ale w tym momencie pojąłem, że ono naprawdę istnieje!

— W jaki sposób inaczej? — zapytałem.

— Niebo to odkupienie win.

— Odkupienie? — Słyszałem to słowo w kościele babci, ale nigdy go w pełni nie rozumiałem.

— Odkupienie — powtórzył Russell, wyraźnie akcentując sylaby. — To szansa, żeby naprawić to co nienaprawialne i zacząć wszystko od nowa. Zaczyna się, kiedy wybaczasz sobie wszystkie złe uczynki, które popełniłeś, i wybaczasz innym to, co tobie zrobili. Twoje błędy już nie są błędami, tylko czymś, co czyni cię silniejszym. Pokuta jest potężną siłą odkupienia i wyrównania, prowadzącą do spełnienia wszystkiego: każdego przytulenia, za którymi tęskniłeś, każdej jazdy na karuzeli, gry w bejsbola i spaceru w kopnym śniegu, które cię ominęły. Wszystkich, których kochałeś i straciłeś. Odkupienie, Eddie, to niebo na ziemi.

– Więc moja matka i ojciec są... w niebie?

Ciepło oczu Russella wystarczyło za całą odpowiedź.

– Musieli przejść przez burzę?

– Więcej razy niż myślisz. Ale mieli wspaniałego pomocnika.

– Ciebie?

Russell się uśmiechnął.

– Nie, Eddie. Ciebie. Ich miłość do ciebie pomogła im przejść przez burzę.

Po raz pierwszy, odkąd pamiętałem, nie poczułem wyrzutów sumienia, słuchając o moich rodzicach i ich poświęceniach dla mnie, tylko wdzięczność.

– Będą inne burze? – zapytałem Russella.

– Tak. – Nasze spojrzenia się spotkały. – Bez wątpienia, zdecydowanie tak.

– A jeśli następnym razem też się będę bał?

– Będę przy tobie – obiecał Russell. – Pamiętaj, Eddie, nikt, kto przeszedł przez burzę, nigdy nie żałował tej podróży. Nikt, kto tutaj stanie, nie chce wracać na drugą stronę.

– Dziękuję.

– Podziękuj sobie. Dokonałeś paru dobrych wyborów. Jak dobrze było to usłyszeć.

– A teraz, Eddie, wiesz, kim jesteś?

Po tych słowach ogarnęły mnie ciepło i radość tak wyjątkowe, że nie dały się opisać. Uświadomiłem sobie, że płaczę. Skinąłem głową.

Na twarzy Russella pojawił się szeroki uśmiech.

– Prawie tak – powiedział. – Prawie. – Kiedy na niego spojrzałem, zauważyłem, że nagle się zmienił. Emanował światłem. – Jesteś radością, Eddie. Jesteś radością.

Otaczał go jasny blask, którego nigdy wcześniej nie widziałem. Piękno. Ciepło. Światło stało się tak jaskrawe, że musiałem zamknąć oczy i odwrócić się... ale wiedziałem dokładnie, kim jestem.

Szesnasty

Zapach naleśników był tak intensywny, że mnie obudził. Otworzyłem oczy i od razu je zmrużyłem przed jasnym blaskiem, który wlewał się przez okno mojej sypialni i padał mi prosto na twarz.

Dotknąłem policzka. Był mokry. Płakałem. Tak, pamiętałem co się wydarzyło. Ale jak znalazłem się z powrotem w domu? Dziadek mnie odszukał? Zauważyłem, że jestem ubrany, ale nie w te rzeczy, które miałem na sobie wieczorem.

W miarę jak przytomniałem, budziły się również moje zmysły. Rześkie, ostre powietrze pieściło moją skórę, nozdrza wypełniał aromat naleśników i słodkiego syropu klonowego. Słyszałem skwierczenie bekonu. Ale było jakoś inaczej niż zwykle. Czułem się znowu lekki.

Usiadłem. Na podłodze leżały dwa woreczki foliowe na chleb, w objęciach ściskałem świąteczny sweter. Przytuliłem go do twarzy. Dotykała go moja matka. Robiła go oczko po oczku, minuta po minucie. Nie tylko ja się zmieniłem, ale również prezent. Wydawał mi się teraz inny, niczym uświęcona pamiątka z przeszłości.

– Co za podarunek – powiedziałem do siebie. – Idealny dar.

– Eddie?

Serce mi zamarło. Spojrzałem na zamknięte drzwi sypialni.

– Z kim rozmawiasz? Mogę wejść?

Drzwi się otworzyły. W progu stała matka, w jasnym prostokącie światła wpadającego z hallu. Z początku tylko gapiłem się na nią z niedowierzaniem.

– Mama?

– Dzień dobry, śpiochu.

Wyskoczyłem z łóżka, podbiegłem do niej i objąłem tak mocno, że omal nie przewróciłem.

— Mamo!

Roześmiała się.

— O rany, nie spodziewałam się takiego powitania. Zwłaszcza po ostatnim wieczorze.

— Jesteś!

— Oczywiście, że jestem. Myślałeś, że cię zostawiłam?

Oczy zapełniły mi się świeżymi łzami.

— Ale jechaliśmy do domu... wypadek.

Spojrzała na mnie ze zdziwieniem.

— Kiedy przyszłam po ciebie, spałeś jak zabity. Pomyślałam, że po takim złym dniu najlepiej będzie, jak się wyśpisz. I najwyraźniej miałam rację.

Wracały wspomnienia. Wszedłem na górę i położyłem się na chwilę na łóżku, ze swetrem... To nie mógł być sen. A może?

Matka przesunęła ręką po moich włosach.

— Pomyślałam, że spróbujemy rano od nowa. Ostatecznie w Boże Narodzenie chodzi o drugą szansę.

Wtuliłem głowę w jej pierś i wykrzyknąłem:

— Och, mamo, dziękuję! Tak mi przykro z powodu tego, jak cię potraktowałem. Jesteś najlepszą matką na świecie. I kocham ten sweter bardziej niż myślisz.

Mama uśmiechnęła się i zrobiła krok do tyłu.

– To dopiero był nocny odpoczynek. Więc teraz podoba ci się sweter?

– Najbardziej na świecie.

– Bardziej niż, powiedzmy, rower?

– Milion razy bardziej. Bardziej niż jakiś głupi, stary rower! Możemy powtórzyć Boże Narodzenie? Tym razem zrobię wszystko jak należy, obiecuję.

– Mówisz poważnie, prawda?

Nie mogłem wydobyć z siebie głosu, więc tylko skinąłem głową. Matka przyciągnęła mnie do siebie i pocałowała w czubek głowy.

– Kocham cię.

– Wiem – wykrztusiłem przez łzy. – To dlatego tak bardzo kocham swój sweter. Bo ty go zrobiłaś.

Po chwili milczenia mama powiedziała:

– Może się przebierzesz i zejdziesz na dół? Śniadanie prawie gotowe.

Przytuliłem się do niej mocno.

– Proszę, nie odchodź.

Zaśmiała się.

– Idę tylko na dół. I kto wie, może będą inne niespodzianki.

ŚWIĄTECZNY SWETER

– Nie chcę żadnych innych niespodzianek.

– Nie bądź taki pewien – powiedziała mama i pocałowała mnie w czoło. – Ubierz się i zejdź na dół. Babcia i dziadek czekają.

Otarłem oczy.

– Dobrze.

Gdy zamknęła za sobą drzwi, ubrałem się szybko. Oczywiście włożyłem sweter. W pewnym momencie zerknąłem za okno i zobaczyłem, że pada ciężki biały śnieg. Śnieg taty, pomyślałem.

Zszedłem na dół. Dziadek i babcia spojrzeli na mnie wyczekująco.

– Wesołych świąt! – powiedziałem.

Ukradkiem zerknęli na siebie. Bez wątpienia zastanawiali się, co we mnie wstąpiło.

– Wesołych świąt – odpowiedział dziadek.

Babcia podeszła i uścisnęła mnie.

– Dzień dobry, kochanie, wesołych świąt.

– Eddie, widziałeś ś... – zaczęła mama i urwała w pół słowa. Patrzyła na mój sweter. – Naprawdę ci się podoba.

– Najlepszy prezent, jaki dostałem.

Mama wyglądała na najszczęśliwszą od lat.

— No, dobrze, jedzmy — przerwała nam babcia, wnosząc talerz z górą naleśników.

Kiedy zajęliśmy miejsca wokół stołu, spytałem dziadka, czy mogę się pomodlić.

— Ależ oczywiście — odparł skwapliwie.

Wzięliśmy się za ręce i skłoniliśmy głowy.

— Boże, dziękuję ci za wszystko, co nam dałeś. Za czas, który razem spędzamy. I za cud Bożego Narodzenia. Dziękuję za odkupienie, szansę, żeby zacząć wszystko od nowa. Pomóż nam, żebyśmy zawsze pamiętali, kim jesteśmy, i wierzyli, że jesteśmy warci tego, żeby przejść przez nasze burze. Amen.

Kiedy uniosłem głowę, wszyscy dorośli patrzyli na mnie ze zdumieniem.

Minęło kilka sekund, zanim matka w końcu przerwała ciszę.

— Tato, podasz mi naleśniki?

— Tak, kochanie.

Podał jej talerz, ale mama jak zwykle nałożyła mnie pierwszemu.

— Proszę, Eddie.

— Dzięki — powiedziałem. — Umieram z głodu. To była długa noc.

Babcia posłała mi pytające spojrzenie.

– Długa?

– Eddie, kiedy chrapałeś w swoim pokoju, przyszedł jakiś mężczyzna – odezwał się dziadek. – Szukał ciebie. Nie pamiętam jego imienia, ale powiedział, że widział chłopca w twoim wieku jadącego na rowerze. Chciał się upewnić, że wszystko z tobą w porządku. Wyjaśniłem mu, że to nie mogłeś być ty.

– Bo spałem?

– To też, ale przede wszystkim dlatego, że nie masz roweru. – Po jego twarzy przemknął krzywy uśmiech. – A z drugiej strony, kto wie? Jeszcze nie wszędzie szukaliśmy. Może powinniśmy się wybrać na polowanie?

Posłałem mu uśmiech.

– Możemy zaczekać, dziadku. Wszystko, czego potrzebuję, jest tutaj.

Szeroki uśmiech rozjaśnił twarz dziadka, oczy mu błyszczały.

– Dobrze powiedziane. Eddie. Dobrze powiedziane.

Wkrótce po śniadaniu dziadek zaprowadził nas do stodoły. Był bardziej podniecony niż ja. Z wielką pompą odsłonił rower. Dobrze przez niego wyszkolony, udałem zaskoczenie. Podziękowałem wszystkim wylewnie, pogratulowałem dziadkowi świetnego gustu, jeśli chodzi o dwukołowce, i zapytałem, jak mu się udało sprawić mi taką niespodziankę. Mimo mojej świetnej gry aktorskiej dziadek od razu zauważył, że już wcześniej wiedziałem o rowerze. Zirytowało go to, ponieważ nie miał pojęcia, jakim cudem znalazłem prezent. Miałem większą satysfakcję, niż gdybym wygrał z nim w karty... czego oczywiście nie mógłbym zrobić, zważywszy na fakt, że wszystkie kiery z jego ulubionej talii były wetknięte w szprychy.

Później tamtego popołudnia, kiedy na dworze cicho padał śnieg, leżałem przy kominku obok mamy i słuchałem świątecznych nagrań Burla Ivesa. Mama przeczesała palcami moje włosy.

– To były cudowne święta – powiedziała z rozmarzeniem.

– Tak – potwierdziłem. – Jak za dawnych czasów.

Zaśmiała się.

– Masz dopiero dwanaście lat, Eddie. Nie znasz „dawnych czasów".

Oboje się roześmialiśmy.

– Mamo...

– Tak?

ŚWIĄTECZNY SWETER

– Dziękuję za wszystko, co dla mnie robisz. Za to, jak dużo pracujesz i zamieniasz się na godziny, żeby być ze mną.

– Skąd o tym wiesz?

– Nie jestem w stanie dostatecznie ci podziękować.

Gdy na mnie spojrzała, jej oczy były pełne łez.

– Wiesz dlaczego to robię, Eddie?

– Dlaczego?

– Bo jesteś moją największą radością, Eddie. Jesteś moją radością.

Tak się zaczyna

Pełne nazwisko mojego dziadka brzmiało Edward Lee Janssen i rzeczywiście był on moim najlepszym wakacyjnym przyjacielem. Choć moje drugie imię zapisane w metryce urodzenia to Lee, przez całe życie używałem dwóch: Edward Lee. Prawdę mówiąc, wszyscy przyjaciele, nawet moje dzieci, sądzą, że moje prawdziwe nazwisko to Glenn Edward Lee Beck.

Jestem „Eddiem" i dorastałem w małym miasteczku Mount Vernon w stanie Waszyngton. Moja matka miała na imię Mary i umarła, kiedy miałem trzynaście lat, niedługo po tym, jak dała mi na gwiazdkę sweter, a ja rzuciłem go na podłogę.

Moi dziadkowie bardzo przypominali opisanych w książce. Dziadek był wspaniałym człowiekiem i wielkim przyjacielem.

Ojciec nie zniknął z mojego życia tak jak w książce. Choć zawsze miał dla mnie czas, staliśmy się sobie bliscy dużo później, kiedy wytrzeźwiałem, przestałem się nad sobą użalać i zacząłem liczyć swoje błogosławieństwa. Wtedy zadzwoniłem do niego i wyznałem, że nie wiedziałem jak być jego synem. Odpowiedział, że czuł to samo, ale dodał, że jeśli obiecam, że wytrzymam chwile niezręcznego milczenia, jakoś wszystko się między nami ułoży. Jego słowa nadal doprowadzają mnie do łez, kiedy je dzisiaj piszę.

Zrobiłem to, o co prosił, i jestem dumny, że przetrwaliśmy niezręczne chwile milczenia. Ojciec był najlepszym przyjacielem, jakiego kiedykolwiek miałem, a tamte piętnaście lat było najlepsze w naszym życiu.

Nasza rodzinna piekarnia rzeczywiście nazywała się Miejska Piekarnia, a mój ojciec naprawdę był bardziej mistrzem niż piekarzem. Jadąc do domu latem 2007 roku, zauważyłem, że śródmieście Mount Vernon wraca do życia. Centrum handlowe, które wyparło z interesu takie małe rodzinne firmy jak nasza, zostało zburzone i zastąpione przez jeszcze większe. Nie wszedłem do niego; widywałem identyczne w setkach innych miast.

Russell to kompilacja kilku najważniejszych elementów mojego życia. Rzeczywiście istniał mężczyzna o imieniu Russell (poza kolorem sepii). Był sąsiadem moich dziadków. Miał dobroć i mądrość farmera, który przez całe życie pracował własnymi rękami. Postanowiłem wykorzystać go jako model do stworzenia postaci, kiedy w czasie tamtej podróży do domu odwiedziłem ulicę, przy której w Puyallup w stanie Waszyngton mieszkali moi dziadkowie. Russell żył w sąsiedztwie jeszcze długo po śmierci moich dziadków. Pokazał mi wierzbę, którą wyhodował z gałązki podarowanej przez moją babcię, kiedy byłem bardzo mały. Teraz drzewo ocienia jego podwórko.

Russell jest również wdzięcznym ukłonem wobec mojego drogiego przyjaciela Pata Graya. Wielu z Was często słyszało, jak rozmawiam z nim w radiu, telewizji i podczas moich występów scenicznych. Spotkałem Pata później w życiu, a on przeprowadził mnie przez niektóre z moich najmroczniejszych dni i dał mi największy prezent, jaki można ofiarować: wiarę.

Ale najważniejsze cechy Russella zaczerpnąłem ze snu, który miałem w wieku trzydziestu paru lat. Scena na polu kukurydzy była dla mnie bardzo realna, podobnie jak kolor i ciepło po drugiej stronie burzy. Całkowicie zmieniła moje życie. Jak wspomniałem w prologu, dzięki niej ta książka sama się napisała.

Choć w tamtym czasie nie wiedziałem kim był Russell w moim śnie, czuję, że teraz wiem. Ale kim jest dla Was, o tym sami musicie zadecydować.

Tamten sen i Russell nie są tylko moje, podobnie jak pole kukurydzy. Wszyscy trafiamy na nie w którymś momencie. Obawiam się jednak, że zbyt wielu z nas marnuje życie, stojąc w ciemności i zimnie, bo nie potrafimy zostawić za sobą przeszłości i zrobić pierwszego kroku ku nieznanemu. Nie wiemy nawet, albo nie wierzymy, że istnieje dla nas piękno i szczęście po drugiej stronie strachu.

Jestem alkoholikiem. Topiłem w alkoholu swoje wyrzuty sumienia, ból i inne uczucia tak długo, że zabiłyby mnie, gdyby nie nawiedził mnie tamten sen. Żałuję tylko, że nie zdarzyło się to, kiedy miałem trzynaście lat, tak jak Eddiemu.

Niestety, popełniłem jeszcze wiele błędów, zanim padłem na kolana, i w końcu powiedziałem: "Twoja wola, nie moja". Miałem wtedy trzydzieści kilka lat i pracowałem nad swoim uzdrowieniem od ponad roku. Myślałem, że robię postępy, ale okazało się, że były miejsca, do których nie chciało mi się iść.

Byłem zmęczony. Zmęczony rozmyślaniami, zmęczony pamiętaniem, zmęczony widokiem rzeczy, których unikałem przez całe życie. Nie podejmując świadomej decyzji, uznałem, że chcę zadowolić się tylko kilkoma odpowiedziami i zostać na polu kukurydzy, bo znajdowało się obok autostrady i wydawało się stosunkowo bezpieczne. Jednakże, patrząc wstecz, widzę, że chodziło o coś więcej.

Zastanawiam się czasami, ilu z nas nie patrzy w siebie, bo jesteśmy przekonani, że zasługujemy tylko na pewien poziom szczęścia. Ograniczają nas nasze wyobrażenia i myśli o wartości i radości. Jest nam wygodnie z naszym nieszczęściem, bo to wszystko, co znamy. Albo może chodzi o to, że nie szukamy w sobie prawdy, ponieważ boimy się, że nie ma w nas niczego prawdziwego.

Pewnej nocy miałem sen. Zniszczona droga. Umierająca kukurydza. Burza, jakiej nikt jeszcze nie widział na własne oczy. Brak wyjścia.

A potem drogę wskazał mi stary, tajemniczy mężczyzna.

Obudziłem się z tego snu o trzeciej nad ranem i natychmiast poszedłem po farby, żeby spróbować odtworzyć scenerię, którą widziałem po obu stronach burzy. Mimo najlepszych chęci nie zdołałem jej właściwie przedstawić. Próbowałem i nie udawało mi się wiele razy. Zastanawiam się, czy w tej książce naprawdę uchwyciłem zimno panujące na tamtym polu kukurydzy, prawdziwe ciepło po drugiej stronie burzy i blask bijący od nieznajomego o imieniu Russell.

Może nigdy nie uda mi się w pełni odtworzyć tamtego snu. Może mamy dostrzec tylko część przekazu i posłańca, a resztę pozostawić wierze?

Na ostatnich stronicach Eddie dostaje drugą szansę. To, Mój Przyjacielu, jest dar dla mnie i ode mnie dla Ciebie. Prawdziwy dar, a ja teraz rozumiem, że jego symbolem jest ostatni prezent, który dostałem od matki. Oznacza on, że można uzyskać przebaczenie, zacząć od nowa, a jeśli staniecie wobec największych lęków i żalów, niebo się otworzy i znajdziecie szczęście i miłość. To jest klucz do przerwania łańcucha żalu i nieszczęścia.

Mama dała mi sweter, ale największym darem, który wszyscy dostajemy, jest kochający Ojciec w niebie. To jedyny prawdziwy dar dawany wszystkim, ale otwierany czy doceniany przez nielicznych. Ten dar odkupienia i pokuty spoczywa na najwyższej półce, zwykle nietknięty, w schowkach naszej duszy.

Podczas świąt celebrujemy narodziny Chrystusa, ale robiąc to, czasami przegapiamy prawdziwe znaczenie tego okresu. To dzięki temu, co to niemowlę, chłopiec, a potem doskonały człowiek, uczynił na koniec swej posługi, czyni to święto wyjątkowymi.

Bez Jego śmierci narodziny są bez znaczenia.

Przez lata nie wierzyłem w odkupienie. Było to dla mnie puste słowo, podobnie jak wiele innych, które słyszy się od kaznodziei. Nie sądziłem, że odkupienie jest czymś realnym. A nawet jeśli było, uważałem, że nie jestem go wart. Myślałem, że to kłamstwo.

A ono jest prawdziwe.

To nie jest tylko słowo, lecz siła zmieniająca życie. Jestem jej wart.

Ty jesteś jej wart.

Wszyscy jesteśmy.

Prawdziwa nauka otrzymana przeze mnie w czasie tamtego Bożego Narodzenia, była taka, że najwspanialszy prezent to ten, który jest dawany z miłością. Wyraźnie pamiętam wyraz oczu matki, kiedy zobaczyła sweter zwinięty w kłębek na podłodze. I pamiętam, jak zrozumiałem ile zrobiła, żeby mi go dać. Nie chcę stanąć u Jego stóp i ujrzeć takiego samego wyrazu w Jego oczach, kiedy mnie zapyta: „Synu, czy to ten dar, który ci dałem?".

Przyjmijcie swoje odkupienie. Radujcie się nim. Nośde je. Dzielcie się nim. Ono ma moc zmienić Wasze życie. Moje zmieniło.

Nareszcie wiem, kim jestem. I jestem szczęśliwy. Kiedy piszę te słowa w łóżku o drugiej w nocy pod Nowym Jorkiem, uświadamiam sobie, ile razy oddałbym wszystko, żeby znowu zamieszkać na tamtej zwyczajnej ulicy. Moi dziadkowie i wszyscy ich sąsiedzi nadal są w moich oczach najbardziej szczęśliwymi ludźmi, jakich spotkałem w życiu. Mieli wszystko, czego potrzebowali, ale, co ważniejsze, pragnęli tylko tego, co mieli.

Przez dużą część swojego życia walczyłem z poczuciem winy z powodu tego, jak potraktowałem prezent od matki, oraz innych wydarzeń z tamtego świątecznego poranka. Nigdy nie mógłbym oddać tego swetra, nieważne, jak jest brzydki, stary albo mały. Mam ich pełne szuflady, w każdym kształcie i rozmiarze, jaki można sobie wyobrazić.

Na szczęście zostawiłem złe rzeczy za sobą, kiedy przeszedłem przez burzę. Starzec z mojego snu znowu miał rację: Nie było tak źle, jak się obawiałem.

W końcu oddałem wszystkie swoje swetry Bożej woli i jestem spokojny. Stwierdziłem, że już ich nie potrzebuję, bo tutaj jest tak ciepło...

Tutaj jest tak ciepło.

Wesołych świąt

Glenn-Edward Lee-Beck

Podziękowania

Za każdym razem, kiedy próbuję napisać podziękowania, kończę z wrażeniem, że tak samo musiała się czuć moja matka w tamten świąteczny poranek, kiedy cisnąłem sweter na podłogę. Zawsze mam nadzieję, że nie rozczaruję nikogo, ale też wiem, że i tak rozczaruję. Od razu po wysłaniu ich do wydawcy, w nieunikniony sposób przychodzą mi na myśl inne twarze i nazwiska, o których zapomniałem.

Z drugiej strony, sądzę, że dobrze jest mieć taki kłopot. To zdrowe przypomnienie, że jestem po drugiej stronie burzy tylko dzięki wspaniałym przyjaciołom, którzy pomogli mi po drodze. Jest to również przypomnienie, że odgrywam bardzo małą rolę w moim sukcesie.

Dziękuję Wam wszystkim za największe dary: zaufanie, przyjaźń, wsparcie i, co najważniejsze, Waszą miłość.

Tania Beck
Moje dzieci
Wszyscy moi rodzice
Claire McCabe
Pat Gray
Robert i Colleen Shelton
Roy Klingler z rodziną
Michelle Gray
Coletta Maier z rodziną
Jeff Chilson
David i Joanne Bauer
Jeremy i Makell Boyd
Bobby Dreese
Bruce Kelly
Jim Lago
Carma Sutherland

Robert i Juaniece Howell
Jon Huntsman
Bill Thomas
David Neeleman
Jaxson Hunter
Gary i Cathy Crittenden
Wszyscy moi przyjaciele z Sumner
Chris Balfe
Kevin Balfe
Stu Burguiere
Adam Clarke
Dan Andros
Rich Bonn
Liz Julis
Carolyn Polke
Joe Kerry
John Carney
Sarah Sullivan
Jeremy Price
Christina Guastella
Kelly Thompson
Kristyn Ort

Chris Brady
Nick Daley
Pat Balfe
Eric Chase
Conway Cliff
Virginia Leahy
John Bobey
Moja ekipa radiowa i telewizyjna
Ekipa moich charakteryzatorów (i moich gości)
Mark Mays
John Hogan
Charlie Rahilly
Dan Yukelson
Dan Metter
Julie Talbott
Gabe Hobbs
Kraig Kitchin
Brian Glicklich
George Hiltzik
Matthew Hiltzik
Dom Theodore
Carolyn Reidy

ŚWIĄTECZNY SWETER

Louise Burke
Mitchell Ivers
Sheri Dew
Duane Ward
Joel Cheatwood
Jim Walton
Ken Jautz
Josanne Lopez
Lori Mooney
Greg Noack
Słuchacze, widzowie i czytelnicy
Przewodnicy
Piekarnia Miejska (1898-2006)
Richard Paul Evans
Jason Wright
Marcus Luttrell
Greg i Donna Stube
Paul i Angel Harvey
Thomas S. Monson
Russell Ballard
Neil Cavuto
Anderson Cooper

Brad Thor
Don Brenner
Albert Ahronheim
David Marcucci
Blake Raggianthi
Anthony Newett

Specjalne przesłanie od Glenna

W „Świątecznym swetrze" ciężkie przeżycia Eddiego zaczynają się w momencie, kiedy jego ojciec zapada na raka. Nie wybrałem tej choroby przez przypadek. Prawie wszyscy z nas znają kogoś, kto w taki czy inny sposób ucierpiał przez tę chorobę. Ja również. Mój dziadek miał raka. Ale wybrałem raka również z powodu kogoś, kto znajdzie na nią lek, w co szczerze wierzę.

Nazywa się Jon Huntsman i uważam go za wzór, inspirację i przyjaciela.

Pan Huntsman dorastał w dwupokojowym domu o ścianach z dykty, bez łazienki. Jego rodzina ciężko pracowała na każdego centa i każdy kęs jedzenia. Ale teraz, dekady później, zamienił tę chatę na miejsce na liście 400 Forbesa. Pan Huntsman jest miliarderem.

Choć produkty, które wymyślił przez lata, nie noszą nazwy pochodzącej od jego nazwiska, to przecież zmieniły sposób, w jaki żyjemy. Od pierwszych pojemników Big Mac przez komiksy z jajami jako głównymi bohaterami, po plastikowe miski, naczynia, widelce, Huntsman Chemicals stało się największą prywatną firmą chemiczną na świecie.

Ale Jon Huntsman nie jest dla mnie inspiracją z powodu zdumiewających rzeczy, jakie wyprodukowała jego firma, ani z powodu pieniędzy, które zarobił. Jest inspiracją dlatego, że tak dużo daje: wszystko.

Choć pan Huntsman angażuje się w wiele moich przedsięwzięć charytatywnych, jego pasją jest Instytut Raka i Szpital Huntsmana, założony przez niego w Salt Lake City. To miejsce, gdzie pacjenci są traktowani jak rodzina, a rodziny pacjentów jak członkowie rodów królewskich. Ale co ważniejsze, to miejsce, gdzie wszyscy są traktowani z miłością i szacunkiem, a w dzisiejszych czasach brakuje tych dwóch uczuć.

Kiedy odwiedziłem instytut po raz pierwszy, powiedziałem panu Huntsmanowi, że nigdy wcześniej czegoś takiego nie widziałem. „Wiem", odpowiedział. „Zamierzamy wyleczyć raka, a potem zamienić to miejsce w Ritz Carlton".

Uśmiechnął się, a ja nie byłem pewien czy żartuje, czy nie. Potem spojrzał na mnie z błyskiem w oku i determinacją na twarzy. „Glenn" – powiedział twardo, bez cienia wahania – „zamierzamy tutaj rozprawić się z rakiem". Nie chodziło o to, co powiedział, ale jak to powiedział – z pokorą, prawie niedbale, a jednak z mocą i całkowitym przekonaniem.

Uwierzyłem mu.

Jeśli sukces odniesiony w życiu uczyni Was na tyle bogatymi, abyście mogli pomagać innym, proszę, przyjrzyjcie się Instytutowi Raka Huntsmana. Poczytajcie o ich misji i zapleczu, ale przeze wszystkim poczytajcie o Jonie Huntsmanie, miliarderze zawdzięczającym wszystko sobie, który zamierza umrzeć bez grosza, w służbie innym. On jest kimś, kto osiągnął prawie wszystko, co zamierzył, a ja wiem, że ten cel również osiągnie.

Pan Huntsman rozdał ponad 1,2 miliarda dolarów w ciągu ostatniej dekady. Ale nieważne, ile mu zostanie, kiedy będzie odchodził – zawsze pozostanie żywym przykładem Russella. I zawsze będzie najbogatszym człowiekiem, jakiego kiedykolwiek spotkałem.

Glenn

**Więcej informacji na stronie
www.huntsmanscancerfoundation.org.**

Spis treści

Tak się kończy 7

Modlitwa Eddiego 11

Pierwszy 13
Drugi 27
Trzeci 47
Czwarty 67
Piąty 83
Szósty 91
Siódmy 113
Ósmy 121

Dziewiąty 147
Dziesiąty 159
Jedenasty 183
Dwunasty 201
Trzynasty 215
Czternasty 229
Piętnasty 241
Szesnasty 255

Tak się zaczyna 265

Podziękowania 275

Specjalne przesłanie od Glenna 283